中共陕西省委当代陕西杂志社支持项目

梁生树 著

乡村面孔

我们的村书系

陕西新华出版传媒集团
陕西人民出版社

图书在版编目（CIP）数据

乡村面孔 / 梁生树著 . -- 西安：陕西人民出版社，2021.7（2022.3 重印）

ISBN 978-7-224-14241-9

Ⅰ．①乡… Ⅱ．①梁… Ⅲ．①纪实文学—中国—当代 Ⅳ．① 125

中国版本图书馆 CIP 数据核字（2021）第 113726 号

责任编辑：张孔明　左　文

整体设计：杨亚强

乡村面孔

作　　者　梁生树

出版发行　陕西新华出版传媒集团　陕西人民出版社

（西安北大街147号　邮编：710003）

印　　刷　广东虎彩云印刷有限公司

开　　本　880毫米×1230毫米　1/32

印　　张　8.5

字　　数　131千字

版　　次　2021年7月第1版

印　　次　2022年3月第3次印刷

书　　号　ISBN 978-7-224-14241-9

定　　价　63.00元

如有印装质量问题，请与本社联系调换。电话：029-87205094

每一朵奋力绽放的山花，都是对阳光的笑靥。

现代乡村的工笔画像

——梁生树《乡村面孔》序

陕西省作家协会党组书记、常务副主席　齐雅丽

梁生树的《乡村面孔》，是他扎根陕西镇安县一个叫作丰收村的村子两个多月的所见所闻及所思。

这个村子是中国乡村万千村子里极普通的一个，正因其普通，方具有代表性。如果说，全书对于这个村子的解剖麻雀式的书写有什么倾向性意义的话，那就是把万千只“麻雀”的前世今生以至将来都做了条分缕析，从而让人们更为“赤裸”地看到了“麻雀”的五脏六腑，而看清这些“麻雀”的生命与生存状态，可能才会让这些“麻雀”能够有一天都蜕变成“雄鹰”。

对于中国乡村的书写，无论从政治角度还是文化角度、社会学角度，几乎从来就没有断档过。在很早的时候，就有很多的经典对中国乡村问题、中国农民问题进行了深入的了解和剖析，这些著作有些到现在还有很高

的认知价值。但对于当代农村的书写，虽然近年来有许多的作品呈现出来，但较为深刻的、细致的、动情的，进而有阅读和解析价值的，还不是太多。《乡村面孔》一书，虽然还不能说是填补了某些空白，但至少在资料的翔实性、记录的客观性以至用情的深入等方面，还是很值得肯定的。

纵观全书，作者运用从点到面、从个体到整体、从历史到现实等逐渐深入的笔法和结构，记录了这个村子里的人物、事件，这种工笔式书写，细密地构成了村子的真实“面孔”。书中用独立的章节记录了28位村民（包括驻村帮扶干部的“准村民”）的故事，这些故事大部分采用了口述式的第一手资料，不加雕琢、不加掩饰，实实在在地真实又鲜活，正是这样的“鲜活”，为全书的“鲜活”奠定了扎实的基础。在分头记录了这28位村民的故事之后，一个村子的“面孔”完整地呈现了，如果说这28位村民是一个个散点，那就是这散点最后集结成了“面”。从写作形式上来看，这种方式类似于“拼图”，用一个个“部件”拼成一个完整的整体，是从散布到凝结、从个体到整体的一个完整的组合过程。这其中难能可贵的一点在于，这28个“部件”并不是互不相连的，他们其实有着内在的紧密的联系，这联系可能是血缘、可能是关联、可能是交汇，实质上是共同生活在一方土地上的一种根脉的联结。当然还有这28位村民的典型化与类型，作品也是进行了一定的筛选，从而使他们各有特色又互相关联，各守一方又各有代表，进而遍布了一个村子的角角落落。从这一点上来讲，虽然这部纪实性的“非虚构写作”还不是完全意义的文学创作，但其所遵循和坚持的手法是与文学创作的规律一脉相承的，正是这样的架构和结构，使得整部作品完整而稳固地站立了起来。

从写作技巧上肯定这部作品之后，更值得称道的是作者完成这部作品的写作态度。诚然，这部作品缘于“指令”性的工作任务，但如何完成这样的工作，却是可以有不同的态度和方式的。简单地、中规中矩地采访写作，当然也可以交出“作业”，但如果缺乏了认知的高度、了解的深度与观察的细腻度以至思考的深入等，那可能就是一部简单的工作总结或汇报。梁生树以记者的敏锐和敬业，用最终拿出的作品阐明了自己的创作态度，那就是对乡村的深情、对村民的真情和对“三农”问题相对深入的思考。正如书后的《后记》提到的，作者在农村生活了十八载，“也就省去了往上数三代都是农民的麻烦”，在农村生长的相对完整的经历，给了作者对农村更为亲近和关切的态度，是其一。其二是采访了解的过程中，作者对于村民的态度，没有高高在上、没有走马观花浅尝辄止，更没有“旁观”的姿态，甚至有在采访了解过程中遭遇误解或抗拒的时候，作者能用真情真言与村民沟通，从而获得村民的信任和配合。这一点如果往深讲一点的话，就是一个写作者的思想禀赋和情感诚实的高度，也可以说不是简单地为了写作而写作，是要把自己融入进去，进而和“被写作者”融为一体、成为“自家人”，用真情诚心为乡村画像，有了这样的写作态度，一部优秀作品的产生就有了极其牢靠的地基。

写到这里，想到文学陕军的第一代领军人物们，以柳青为代表，坚守人民立场，他把自己从心灵与情感融入农民之中的思想境界一直以来是陕西作家学习和秉承的传统。“要想塑造英雄先要塑造自己”的名言一直激励着陕西作家向人民学习、向生活学习的创作态度。但凡有使命意识的作者都会自觉不自觉地保持着这样的心态，梁生树对于村里人物的“工笔”式书写不仅仅来源于其身后整个团队的策划，更主要的是这种使命意识的推动。

阅读这部作品，脑海里浮泛出来的景象，很能引发对于其他“村庄”记忆的联想。这种“联想”，一个是本书的典型性与代表性的效应，但更多的是激发出许多人对于中国乡村的或早或晚、或长或短的思想存留，从而引发来自心灵深处的呼喊——我的乡亲、乡情和乡愁。

希望有更多的、即时的反映中国乡村的优秀作品呈现，不独是记录，更多的是一些深度的分析与思考。希望有更多的“面孔”呈现出来，不独作为“观看”的影像，更多的是一种深度“关注”的思考，一种对乡村振兴的渴望和憧憬。

目 录

第一章 汉子

第二章 褶皱

第三章 日子

第四章 婚事

第五章　上访

第六章　青年

第七章　呵护

第八章　主角

第一章　汉　子

大山是有痕迹的，你流了多少汗？沟壑做证！

赔偿款

“嘀、嘀”，手机短信响起，朱西民从屏幕里看到那一串让人眩晕的数字，153000，这是他四十九年人生中一次性收到的最多的钱。走出煤老板办公室，他觉得冬日驼城的阳光是如此温暖，尽管他是一名刚刚被确诊的煤肺病患者。

那通电话对于朱西民来说是个“黑色幽默”，人生的悲喜剧在顷刻间粉墨登场。

“你来一下，有点事。”2014年农历腊月十六，朱西民接到了煤矿老板打来的电话，无论他怎么问，对方只说这七个字。

从镇安到榆林的路程并不遥远，但老朱一路忐忑。

他把可能发生的事做了各种预判，就是理不出个头绪。最后确认自己这一年连洗脚屋都没进过，更别说其他违法事了，他这才放心地在车上眯了一会儿觉。

“你查出了煤肺病，明年不要来了。”在煤矿负责人的办公室里，听到这个消息的朱西民刻意保持着镇定，使自己“看上去像条汉子”。其实头脑里一片空白，什么也没有想。

“我们有赔偿，赔偿费十五万三，你得签个字。”这句话把朱西民说蒙了。

赔偿！

十五万三！

不用打官司？

咱只在这里干了一年活，就能得到赔偿！朱西民心里想，天下还有这么有良心的企业吗？

是的，对于一个几十年来过着“两块石头夹一块肉”日子的男人来说，挣钱养家永远是第一位的。在他的认知里，轻度煤肺病和“多抽了几包烟”没什么区别。

“嘀、嘀”，手机短信响起，朱西民从屏幕里看到那一串让人眩晕的数字，153000，这是他四十九年人生中一次性收到的最多的钱。

走出煤老板办公室，他觉得冬日驼城的阳光是如此温暖，尽管他是一名刚刚被确诊的煤肺病患者。

二十九年的煤矿打工经历，让朱西民对生离死别看得特别平常。

“那年，我叔伯哥（堂哥）在山西煤矿被压死，命价两万元。埋了人，第二天我就直接上矿干活，哪有时间想那事。”

“那次煤矿冒顶，我摸黑背上来一个人。妈呀，到了太阳底下才看清，脑袋已压成了肉饼饼。”

“那回瓦斯太突然，一下子，掌子面上的几个人就闷坏了。”

像是讲述别人的事，其实是在回忆自己曾经的生活。从20岁起，山西、铜川、榆林，朱西民“浪迹”于各产煤区，哪里能挣来钱，就往哪里冲。在这个瘦弱的男人眼里，“生活远比生命重要”。

是的，生命是自己一人的，但生活是儿子、女儿、妻子大家的，至于失去了生命对于生活的损失，在生命失去前，他不会太多考虑，也没有时间、精力和心思去计较。

“我这人心好，干煤矿30多年，连手都没碰破过。”朱西民为自己的幸运找到一个合情合理的缘由，这也是他心里的一个慰藉。这大概是山里人普遍善良的原因，他们依然相信，好人有好报。

“我瘦小，干活眼疾手快。”他眨眨眼，难得夸夸自己，不由得让人联想到在那一次次瓦斯爆炸、冒顶事故中，这个弱小的身躯会怎样地在黑暗中敏如脱兔。

在朱西民眼里，这个结果对他来说是比较好的。轻度煤肺病对健康有些影响，但还不至于要命。也正是这个结果，让他下决心结束了近30年的挖煤生活。“要不，真不知道什么时候是个头，也有可能是‘哪一天’……”

2015年，朱西民用打工攒下的钱和因病得来的赔偿款，办起了白果树农家乐，成了小老板、服务员、择菜工，也成了附近工地的小时工。

“农家乐一年能挣多少钱？”

“毛钱（毛收入）十万。”朱西民回答，有些许得意。

“好些（多少）？吹大话，那叫吹——大——话。”正在厨房做早饭的妻子陈显秀，手里拿着一把湿淋淋的小葱冲出来，打断我们的谈话。她干脆取个小凳坐下来，反驳丈夫所谓十万元毛收入的说法。

“你一天毛钱收入500元，能落下200不？”从陈显秀的诘问中，我知道，两个人说的都对，只是“统计口径”不同，不影响这个家庭GDP的真实性。

“你问这么多、这么细，做个啥子？”陈显秀问我。

“我想写一本书，写一本介绍丰收村的书。”我如实答。

陈显秀用力甩甩小葱上的水滴，眼里瞬间点燃了一团火，神情也跟着亮了起来。“那你书中一定把白果树农家乐写上。上次省电视台记者采访那‘死人’（朱西民），他木木地在电视上说，我是朱西民……从头到尾没提白果树农家乐，光知道朱西民有啥子用，能吃？能喝？死脑壳！”

从夫妻间口无遮拦的揶揄中，让人能感受到他们的爱，一起把日子过好的那种爱，是真爱。

陈显秀说，自己和朱西民的日子是从“筷篓子置起的”。

两个年轻人结合在一起时，可以说是一贫如洗，陈显秀从娘家请来了篾匠，小家庭的第一件家当就是竹编筷篓子。至今，它依然在发挥着作用，也成为当年贫穷的符号。

几十年里，朱西民外出打工，从来没有带过陈显秀。“今天不顺心，拍屁股走人，带着媳妇婆婆妈妈的。”

在家的陈显秀，带着两个孩子，营务着山上的17亩土地，把“苦日子过扎了”。

在他们的记忆中，真正的日子好起来，还是实施退耕还林后。他家两次退了11亩坡地，全部栽种成板栗、核桃，现在每年光板栗就能卖8000元，核桃成了农家乐消费者的开胃果。

更重要的是生态变好，吸引来大量游客。他们亲身感受到，好环境不光养眼，还能生金。

“我们年轻时，山上叫人挖得不成名堂，树一砍，就地点火一烧，就成了肥料。一下雨，一抱粗的泥糊顺着各条山沟往下窜。”朱西民说，那时人和大山成了“仇人”。

现在全村有53户人家开了农家乐，大多过得不错。

这几天，朱西民和陈显秀正打算把农家乐边上的猪圈拆了，修个小型游乐场，吸引孩子们来住宿。

“一年挣不够十万，这个日子就没法过。”陈显秀说，她家现在七口人，是组上人口最多的户，人情支出和各种开销，不是一般的费钱。

“你的书中能不能把那个煤矿的名字点一下？”临走时，朱西民提了一个请求。我明白他的心思，时隔六七年了，他还念叨着那笔意外的赔偿款，那是他走上坡路的开头啊。

老板的血汗钱

住院15天，出院的第二天，方乾进自己开车上了工地。当时，他的头被纱布包裹得像一个布偶，只有两只眼睛和嘴巴露在外面。我特别好奇：是什么让一个农民有如此强烈的生命力。方乾进的回答是，作为家里一名男人的那种责任，还有作为一名男人的义气。

49岁的方乾进时常戴着一顶浅色的旅游帽，像是为了遮阳，也像是为了赶时髦。他擦汗时无意间将帽子摘掉，右边太阳穴处呈现出茶杯盖大小的凹陷，让人看着心惊。这是他在鬼门关走过一遭的印记。

2017年11月26日，镇安县领导要检查塔云山公路的施工情况，方乾进和朋友合伙承包了这段路的爆破任务。这是工程中最危险的活。

考虑到县领导的通行安全，早上5点钟，方乾进带着一干人马，沿线挨个排查隐患点。午饭后，他看到一名挖掘机手坐在驾驶室里有点儿困，就递上一支香烟提提神。挖掘机手在探出身子接烟时，胳膊肘误触了操纵杆，一瞬间，挖掘臂漫无目标地捅向山崖。轰隆隆，几百立方米石头瞬间向下倾泻。

方乾进拔腿就跑，跑出20多米后，一块洗脸盆大小的石头从地上弹起来，砸中他的右鬓角。

妻子、儿子、儿媳闻讯赶到后，只见方乾进侧卧在乱石堆里一动不动，嘴里不停地往外涌血。上救护车后，妻子将方乾进抱在怀里，儿子用脸盆支在嘴角，几十分钟的路程，流了两盆血。医生告诉一家人，三天能醒过来，就算手术成功，但同时也要做好一切心理准备。

晚上11点手术开始，凌晨3点手术结束，4点方乾进睁开了眼睛，看了一眼妻子问：“啥时能回家？”一家人守着他放声痛哭，方乾进却努力地笑，尽管眼角流出的泪水打湿了包扎的纱布。事后，连医生都直喊奇迹：如此出血的病人，血压还不是太低，整个治疗过程中，没输一点儿血。

奇迹在这位中年男子身上一再出现。住院治疗15天后，他出院了。出院的第二天，方乾进自己开车上了工地。当时，他的头被纱布包裹得像一个布偶，只有两只眼睛和嘴巴露在外面。

我特别好奇：是什么让一个农民有如此强烈的生命力。方乾进的回答是，作为家里一名男人的那种责任，还有作为一名男人的义气。

几十年的拼搏中，义气也让方乾进受益。

20多年前，修建西康铁路，二十来岁的方乾进因为人义气，在朋友的石料场打工备受重用。工人一天工资一块五毛钱，他可以挣到三块。那会儿，铁路对石料的需求很大，工头为了多供料，开出超常规的奖励措施：谁能一个月砸出500立方米石子，奖励一套工作服。方乾进成了重赏之下的勇夫，一个月砸出800立方米石子，他也获得300元现金奖励。

“钱有的时候就是男人的兴奋剂。”方乾进开始设计和改进上料仓，变一班制为两班倒。第二个月奇迹般地生产出1900立方米料，这可是两个月前产量的6倍。

比产量增长还要快的是收入。方乾进的工资从一个月90元涨到1000元。两年时间里，开支后家里的积蓄达到8000元。这在当时是一笔巨款。

从石子行业起家，方乾进的眼光后来却瞄向了金子。他带着七名工人，怀揣8000元，来到新疆奇台县，缴了2000元各种费用，上山挖起了金矿。一辆旧三轮车成了拉矿石的工具。有时三轮车坏在大山里，他们守着冰冷的矿石过夜，常常感觉自己会冻死在这里。成群的狼在周边踅摸，等待他们冻死后“收尸”。六个月时间里，8000元变成了5万元。方乾进见好就收，他真的担心有一天成了狼的腹中之物。

2007年，西康高速修建，当地一个石料场老板找到方乾进，请他负责料场管理。当时，一立方米石子卖给水泥厂只有8元，卖给高速路要50元。为了留住方乾进，一个月工资1500元，年底再奖励2万元，老板还将原来管生产、销售的哥哥和弟弟全部开掉。一年后，方乾进的工资变成了每月1万元。

2015年，手头已有500万元的方乾进和人合伙到山西买了一个煤矿，他自己带着工人在矿井下干了一年，直到腊月二十三，他给工人支付了200多万元的工资，让他们回家过年，并约好一过正月十五就回来上工。

腊月二十六，方乾进得到消息，合伙的大股东偷偷地将煤矿卖给了别人。腊月二十七去找合伙人算账，对方明确告诉他，自己之前在澳门赌博输了许多钱，煤矿抵了债。方乾进打了一年官司，合伙人被判22年，他贴进去的400多万元打了水漂。

“为什么我吃了那么多亏，日子还没塌掉？一个是讲义气；另一个是承诺的事，哪怕不吃不睡倒贴钱也要兑现。”方乾进说。

人到中年，除了生意上的盈与亏，生活中的烦恼常常会不期而至。

2017年年初，方乾进22岁的儿子时常感到腰痛。秋天，到县里医院一检查，说是阑尾炎发作。治疗两周后，身上的肉开始炸裂，肚子大得像孕妇。到西安的医院一检查，确诊为肾炎。正常人的蛋白值为14，他的蛋白值只有0.8，一支780元的人工白蛋白一天打4支，加上住院花费近50万元。现在，儿子天天吃药，光药费一个月就得5000元。除了花钱外，让方乾进最难过的是，自从生病后，之前那个阳光帅气的儿子不见了，有时一天也听不到儿子说一句话。

五年前，方乾进家的老房子被征掉，有企业投资建起了三间小木屋对外营业。旅游旺季，客人排着队预订，方乾进的儿媳负责小木屋的营业，一个月挣1000多元。

还有一件事让方乾进特别后悔，那就是不该给母亲做六十大寿。69岁的母亲已经得过两次精神疾病。40多岁时，母亲时常一个人躲在山里不回来，全村人出动寻找，持续了八年才痊愈。哪知，六十大寿刚过完，母亲的精神疾病再次发作。为此，他专门找过算命先生，各种说法都有，方乾进也不知如何是好。

为了让精神失常的母亲找回旧时的记忆，方乾进投资30多万元建起了养蚕场。养蚕是他儿时的特殊记忆，也是母亲的所长。当时，方乾进的哥哥任村委会主任，没等工厂建起，各种流言四起，之前向所有产业户承诺的补助政策都难以兑现。“他知道，把我日弄了。”方乾进说的他，就是自己当村干部的哥哥。

养蚕场最多的时候养过十张蚕，行情好的时候还是可以赚不少钱。但蚕茧价格的连年下降，母亲的疾病也没有因为养蚕而好转，哥哥辞去村干部的职务不久，蚕场宣告倒闭。

在依然挂着养蚕场牌子的10间房子里，原来的蚕床已经拆掉，几只泡沫材质做成的一米多高的“蚕宝宝”趴在地上，身上落了厚厚的一层灰。有的房间里堆放着工地上用的钢管和扣件，最里面一间存放着方乾进为母亲准备好的一副寿材。

有时，还会有上级领导来村里，蚕场还会作为村里的一个点接待“指导”，只是要提前几天打扫卫生和腾挪物品。

万能男人

自从拉回来这八头牛，家里就乱了套。三个月时间内连续死了三头牛，吴永东天天往畜牧站跑，后来发现他们懂的还没自己多，就只能自己扛。死到第三头时，吴永东急了。“昨天还好好的，今天怎么就不行了？”他拿刀子把牛肚子划开，想解剖一下，看到底哪里出了问题，结果什么也没看到。

吴永东是我见过最自信的农民，他的自信不是盲目炫耀，也不是腰包鼓胀后的躁动，是一脸阳光中飘落的和风细雨，力道不强烈但沁人心脾，让人尊敬。

去见吴永东那天，他正在村里给别人家的新房做水电。电话一通，他放下手头的活，骑着摩托车一溜烟就窜回了家。他从兜里掏出一盒还未启封的黄鹤楼香烟。这是今天主家工资之外的馈赠。

“你是电工吗？”

“我啥都会，在农村，光有一样本事是不行的。简单来说，咱这人，除了人民币不会造，其他的事‘一码齐’。”坐在他家堂屋，他开始了自己的讲述。

从哪儿说起呢？我看就从我的家庭条件说起。和一个娘能生出不同性格的孩子一样，同样的一座山有着不一样的土地。山那头，别人家的土是黏土，咱家的这个湾地却是沙土。黏土适合长烤烟，营务精到一年能弄个10万元钱。沙土上不长烤烟，种也白种。我们家这个湾湾被烤烟“关在了门外”。

你说咋办？能坐在地里哭自己是穷命吗？哭又有什么用？是土总有适合它生长的东西，长不了烤烟就栽桑树，20亩地的边角上，我总共栽了3000多棵桑树，够喂4张蚕。最多的时候，春秋两季蚕能收入3万多元钱，我以为日子就这么可以过下去，没想到后来没人收茧子了。咱的技术好，茧子大，直接送到镇安丝绸厂。人家说，本来封顶价18元一斤，给你按20元算。这一说，你还能说什么？最好的时候一斤能卖30多元。

我这人不喜欢出远门打工，今天在这、明天在那的太麻烦，所以就要想办法在土里刨食。

田地边上总是有大堆玉米秸秆，沤不成粪、烧不成火，堆得人闹心，我就琢磨这东西能不能利用起来。网上一查，可以喂牛。咱这人性子急，说干就干。六年前，在山东郓城花了不到4万元买回来八头鲁西黄牛。

自从拉回来这八头牛，家里就乱了套。三个月时间内连续死了三头牛，我天天往畜牧站跑，后来发现他们懂的还没我多，就只能自己扛。死到第三头时，我急了，昨天还好好的，今天怎么就不行了？我拿刀子把牛肚子划开，想解剖一下，看到底哪里出了问题，结果什么也没看到。

剩下五头牛怎么办？我又跑到西安买回来五头秦川牛。我就是从这八头肉牛、两头种牛起的家。

牛到位了，吃什么？吃秸秆！怎么处理？我从网上现学照办。头一年，从地里背回来多少秸秆，又得背出去撂多少，全部腐烂了。后来知道是密封上出了问题，第二年就成功了。

村干部看我有这决心，就给了一个机会，到商州区农广校学习，三个月时间，有教授上课，还给发生活补助。要说现在对农民的政策真的太好了。几年里，我共出去学习了四次，最后一次到杨凌职业技术学院学的，还拿到了中级职业农艺师证。

学了点技术，咱的心胆就开始变大了，琢磨着改良牛的品种，因为买回来的种牛配一茬，这个品种就老化了。镇安县西口镇有个人工改良种站，我去了，不管用；听说山阳县牛耳川有人工站，我去了。你知道去山阳多远？160公里！我整整骑了一天自行车才到。去了一问，这个不现实，人工配种需要冷冻精液，必须要有专用车运送，说到这儿我又失望了，没戏了。但起了个头，总不能就这样放下。

在山阳，我看了大大小小七八个养牛场，大开眼界，我的妈呀！那一头小种牛卖两万多，不大呀，才不到二百斤，能换咱的两头成年肉牛。不死心哇！

当年，我们村里时兴养羊时，来过一个技术员，很有本事。一家有两只羊快死了，这人一治疗，羊很欢实。几年前，我找到他请教，他也不懂牛的改良技术，去年突然给我打来一个电话，说告诉我一个好消息，米粮镇有一个人在搞肉牛改良。有戏！今年，我的一头牛发情了，我花了700元在他那里配种，就拿这几百元赌一把，万一成功呢？现在刚配20天了，再过5天就可以知道成功没有。唉！说句难听话，当年咱自己媳妇怀娃都没有这么操心过。哈哈。现在牛的品种五个月能长300斤，应该说挺快的了，但只拉骨架不上膘；秦川牛两年能长到1000斤，但改良后的品种两年能长到1500斤，毛重每斤17元钱，值得操心。

再说说卖牛吧，这里面也有技巧。一头牛过千斤，农村没有这么大的秤，有也不能用，为什么呢？你要给牛经纪留个“活路”，行话叫“路子”，要不就没人来你家买牛了，这样的交易就要靠眼睛估价。养牛时间长了，一眼过去，一头牛差不了10斤。买牛的人眼睛更毒辣，但他们肯定故意要往少了说上几十斤，那是钱呀！牛经纪要往少说，养牛的人要公道，经常因为斤两的事谈不拢。有的牛经纪路子好，他不在养牛人这里赚钱，赚下家的钱。有的牛经纪先在你这里抠一点儿，打个保险，再从下家赚一点儿，常常能拿到双份利。我给牛经纪们留的路子是死的，一般是200元左右的路子，哪有给你白服务的人？镇安县没有肉牛屠宰场，山阳县有，如果自己送到160公里外的山阳就不划算了，所以只能和牛经纪打交道。有时中介人带牛经纪来买牛，只要他向着养牛人说几句话，买卖成了，我还会悄悄给中介人塞200元辛苦费。

我家养牛是“疙瘩账”，不算一头牛的成本，只算一年能挣多少钱。我只给牛喂秸秆，舍不得喂饲料和玉米，玉米还要留着喂猪呢。就靠这没人要的玉米秆秆，一年就能出栏10头牛，纯利润9万元左右。

有人养牛为了套国家的补助，我认为那样做不长远，投机取巧永远不是个长久之计。我养牛这些年，国家的精力都用在贫困户身上，咱家不是贫困户，从来没有想过要点补助什么的。不过驻村帮扶的省人大干部看咱真心做事，两次给了2000元帮助，咱心里还是挺高兴的，那是对咱的抬举。

生活在农村，人情开支特别大，像我这样的家庭，一年2万元的人情都打不住。现在农村盖房、死人随礼100元；结婚、生娃随200元；城里摆酒席就得300元，这叫行情。还有过36岁，比结婚还隆重。你说这么多人情，谁家不去行个礼，就把人惹了。所以，光养牛挣那些钱还不行，要八面来财。

我电工、木工、瓦工、水泥工、装修工，什么都能来，反正一句话，从打地基开始到你搬进新房，找我一个人就能全搞定。农村现在一天的工价220元，主家还要管三顿饭，送一包不少于10元钱的香烟。要说也不少了，但关键咱干活是有季节的。每年3月至5月可以干60天，5月以后要拉麦秸，8月要拉玉米秆，一年能有四个月时间干活，挣个3万元。

我儿子今年高考526分，一家人想让娃上个211大学，最后决定冲一下宁夏大学。我只念到初中，娃还是很争气的，能考上一本算是努力的结果，也是我管教得好。

上初中时，娃喜欢玩手机，我把智能手机收了，给买了个老年机，他就不好意思往出拿，成绩一年比一年好。后来我答应儿子，只要考上大学，买一部最好的手机作为奖励。6月7日高考，5日儿子说，自己考一本应该没问题，让我给他兑现奖励。你说这孩子，都什么时候了，还惦记着手机的事。好，买！一高兴花了近3000元买了部华为手机，把儿子高兴得不得了。3000元呀，我和他妈可心疼得不得了，别看我们一年卖近10头牛，也就过年的时候割上四五斤牛肉吃吃，平时还是舍不得。

高考成绩公布那天，我们一家人什么活都没干，拿着手机手心全是汗。中午12点08分，短信铃响了，一本！他妈只上过小学一年级，能培养出来一个大学生，你说高兴不高兴？

吴永东的微信名叫“孤独+知己=幸福人生”。他解释，知己是自己的爱人李芳章。只上过小学一年级的她，把吴永东当偶像。对于这位大大的眼睛、卷卷的头发、微笑时一口皓齿、嵌着一对深深酒窝的男人，她一见钟情，初次上门就动手包了一顿饺子给他吃。婚后，凡是他的决定，她都无条件去执行，这其中包括不少错误的决策，也走了许多弯路。

“农村人嘛，好大的脚穿好大的鞋，慢慢挖抓日子总会有个样儿！”这是时下乡村难能可贵的一种心态，不佛系！不焦躁！女人的这种态度，会给不辞辛劳的男人减轻许多压力。

场院中，一堆锅盖面大小的五味子已晒得脱了水，旁边的背篓里，刚采回来的新鲜五味子，还没来得及倒出。那是李芳章早上锄地时顺带的收获，晾干的五味子一斤可以卖25元。

猪圈里，一头母猪在睡觉，另一头在哼哼。今年，两头母猪已产崽成活30多只小猪。“别人一只卖1200元，我家卖1000元，都是村里人逮，少200元就少200元。”

院墙根边，一只青冈木的牛犁坯用火烤得黢黑黢黑，别在两块石缝间定型，看其张力，像极了不屈的山里人。

再冒一次险

蔡克全和张双娥不停地招呼大家吃喝，老蔡那两颗镶过的门牙，始终在人眼前晃悠着。这种高兴，是发自内心的。酒场散后，老蔡把我拉到客厅的角落说，今晚请客的事就不用写了。而此时，喝多了的刘长清正拉着一名村干部，请他帮助再贷一点儿款。开过年，刘长清还会回到铝矿干活，他要为偿还那50万元的外债再冒一次险。

2020年12月初，一场大雪将秦岭装扮得婀娜多姿，住在刘长清家的竹外楼农家乐里，电褥子烘烤着后背，寒气侵袭着鼻尖。第二天一早，我和老刘开玩笑说，你这农家乐是“两条人命客房”：被窝里能烫死个人，被窝外能冻死个人。

老刘并不老，1976年出生，只是这两年修房把人劳累得看起来有些疲惫、苍老。更主要的是心里有压力：“该（欠）外面近50万元贷款。”

2019年3月，刘长清用4倍面积的板栗林兑换来公路边上这块140平方米的宅基地，目的特别明确，就是开农家乐。

原本想着建两层，楼顶就能跟通村公路面持平，楼顶做成停车场和观景台。没想到，地基处理好一测算，建四层楼房才能达到预想的高度。这一来，老刘准备好的50万元远远不够。

开弓没有回头箭，只能硬着头皮向朋友借，也向银行贷。赶装修完一算账，乖乖，100万元进去了。全部积蓄花光，外面还欠下50万元。

2020年8月15日，老刘的竹外楼农家乐正式开张，但生意并没有当初想象的那么好，有时甚至一天还要贴着电费。“现在看来，指靠农家乐偿还外债是不现实的，开过年还得出去干上几年活。”

出去干，是老刘这代人的“意识引领”，也是“行动指南”。从17岁起，他已经“出去干”了近30年，让他下决心回来创业的是因为“被矿难整怕了”。

刘长清兄妹六人。在他14岁时，母亲患胃癌去世，当时两个哥哥都没成家，最小的妹妹仅有7岁。母亲的离开，让这个贫穷的家庭不再温暖。出去干，成为农村青少年谋生的主要出路。

17岁那年起，刘长清在宁陕的林场伐过木，在咸阳的黑砖窑搬过砖，最终在山西的煤矿落下脚，打炮、清渣、出煤，能干的活全部干过，一天的收入从5元涨到15元，一年拿回家的积蓄只有三千来元。这样的生活持续了七年时间。

刘长清的右耳有点背，那是在高速公路打风钻的六年时间落下的残疾。“四川、云南、贵州，有山的地方都去干。”刘长清说，一天九个小时下来，震得浑身像酥了一样，两只耳朵好长时间几乎听不见什么声音，人的反应也就有些迟钝。有时抱着风钻会出现一种幻觉，自己是一名正在冲锋的战士，常常被洞顶淋下的山泉一激灵才清醒过来。苦是苦，但一个月3000元的“高收入”吸引着刘长清，直到有一天他发现自己快要彻底耳聋了，才依依不舍地离开隧道。

“走出隧道，也不会有什么轻松的活等着咱。”刘长清说，等听力有所恢复后，他再次走进山西吕梁的铝矿，在这里一干就是十年，直到第二次腿被矿石砸骨折。

“有再一再二，没有再三再四。”第二次骨折后，刘长清老是想起这句老话。他理解的“没有再三再四”，不是骨折类的矿难不会再发生，而是有“下一次”，他不会再那么幸运地只是伤个骨肉。

无论怎么说，修建农家乐的50万元积蓄是在铝矿这10年里攒下的。

刘长清和谢立志是一起走进铝矿的。谢立志是东坪乡人，两家住的不超过10里山路。在外打工要想不受欺负，同乡间就要抱团。他俩在一个矿洞里放了三年炮，慢慢也摸出了一些门道。

三年后，谢立志承包了一个矿山的采矿工程。刘长清跟着谢立志也成立一个小工队，投资10万元买了台扒渣机，领着14个工人采矿。刘长清的月收入达到3万元。这样的好日子持续了三年，他买了人生中的第一辆轿车

——哈弗H6，银行卡里的积蓄也超过六位数。

2015年的一天，刘长清在矿井下查看安全工作，走累了，就在平时认为最安全的老巷道坐下来休息一会儿，屁股刚挨地，碗口大的一块矿石从顶上掉下来，砸到他的右小腿，生生地将腿骨砸断。

工头受伤，工队就解散了。刘长清带着谢立志给的8万元“工伤补助”回到丰收村休养。

一年后，伤愈的刘长清回到铝矿，再次将“遣散的队伍拉起来”。顺风顺水的小工头日子只过了一年。有一次，矿下冒顶，工人们处理不了，刘长清自己动手去排险，小脸盆大小的一块矿石再次砸在那条倒霉的右小腿上。与上一次不同的是，骨头不是齐茬断，而是粉碎了。

刘长清再次带着谢立志给的10万元“工伤补助”，回到丰收村休养，这一次他的心里确实害怕了。

刘长清的爱人何卫红为人利落，性格开朗，是村里红白理事会的主厨，烹饪水平在周围村庄小有名气，常常被人请去掌勺，一天300元工钱。

让“卡里的钱”和“手里的活”有效组合，挣到更多的钱。两口子一合计，就开始建房，开办农家乐。

有一天早上，蔡克全和爱人张双娥每人瘸着一条腿，走进了刘长清的农家乐。他俩是来商量“请客的事”。

看到我这个陌生人，老蔡两口子始终不说来干啥，尽扯些不咸不淡的话。我上了个厕所回来，他们的菜单已经列好了。

蔡克全是丰收村最后脱贫的贫困户，原本2019年就能摘穷帽，没想到老蔡当年6月在山西吕梁的铝矿打工时，左腿骨折、肋骨压缩性骨折，住了三个月院，脱贫的时间推后一年。

在丰收村期间，我曾经粗略统计过，全村先后有100多人在煤矿、铝矿、隧道打过工，其中受伤的有30多人次，有的人不止受过一次伤。我问过他们，为什么明知可能断腿断胳膊还要到矿上去，他们说的主要原因是工资高。其实，“拿命去挣钱”在陕南农村是一种普遍现象。没办法，都是叫贫穷给逼的。

说回蔡克全。他今天急着请客的原因是，不久前他儿子入职镇安信合，已经领取了第一笔工资，他为此当然高兴得不行。

之前，老蔡就吵吵着要请驻村工作队员、村干部吃一次饭，但是大家都劝他不要破费。说的次数多了，大家就同意在老蔡家里吃顿便饭，既让他把心意表达了，也不用花什么钱。

老蔡和爱人一合计，那样太简单，心里过意不去。说实话，孩子就业是一件大事，就等于把这家人彻底从贫困中拉了出来，这件事也引得村里好多人羡慕。

刘长清也是羡慕者之一。三个月前，他的儿子刘国华刚刚退伍回来，这些天和朋友租着船到旬阳的水库去钓鱼了，三天没有回家，吃住全在船上。

刘国华去当兵时，刘长清千叮咛万嘱咐，希望儿子能留在部队，哪怕当个三期士官，回到县上分配个工作就行了。

9月的一天，儿子从部队打来电话，说自己参加士官考试没有过，马上就退伍，车票都拿到手了。离家两年的儿子在电话里兴冲冲的，而刘长清在电话这头失落得说不出一句话，尽管他也很想念儿子。

自从刘国华从部队回来后，一家三口人没事就为他设计下一步的发展方向。

村委会多次提出，想让刘国华去当一名村干部，一家人都不太愿意，觉得“看不到出息”。在他们的认知里，“出息”就是在正式单位有一份体面的差事，哪怕是临聘的也行。

刘国华更倾向于去上个大专，如果有机会再专升本。对于这个20岁刚过的大男孩来说，还有大把的时间可以挥霍。特别是看到自己当兵的这两年时间里，父母像变魔术般地修建起了四层楼房。他就更想上学了。在村里同龄人中，他的家境已相当不错。他们有这个条件。

刘长清和蔡克全一起择着晚上请客用的菜，抓紧时间向对方请教“什么样的程序才能进入信合工作”。老刘开玩笑说，要是自己的儿子将来能有个正式工作，一定“大摆三天”宴请全村人。

蔡克全的爱人张双娥是本村人，还没成年时，由父母包办嫁给外村的一个男人，婚后的日子过得非常差，还经常受气。张双娥带着儿子回到娘家，后来和蔡克全组成新的家庭。

眼看着苦日子要熬出来了，2017年张双娥却查出宫颈癌，住院治疗几个月花费了14万元。一年后复发，再次住院花了11万元。“得亏现在政策好，我两次看病报销完自己只花了3万元，没这医保好政策，我估计这会早就‘上山了’。”张双娥边说，边揉着自己的右腿。几个月前，她在喂猪时一脚踩空，骨折了。

要说脱贫政策对这一家人的帮助，那真是好得没得说。2018年，一家五口人从山上搬进沟底100平方米的安置房，五个人一个月的低保1600元；蔡克全是护林员，一个月领取535元；特别是儿子的工作有了着落。

来吃饭的村干部和驻村工作队员们，自己带来了好几斤散酒。在农村当干部，这样的饭不吃不行，不然会被请客者认为瞧不起自己。来了还要尽兴。

蔡克全和张双娥不停地招呼大家吃喝，老蔡那两颗镶过的门牙，始终在人眼前晃悠着。这种高兴，是发自内心的。

酒场散后，老蔡把我拉在客厅的角落说，今晚请客的事就不用写了。而此时，喝多了的刘长清正拉着一名村干部，请他帮助再贷一点儿款。

开过年，刘长清还会回到铝矿干活，他要为偿还那50万元的外债再冒一次险。

第二章　褶　皱

大山是有朝向的，你意向何处？山势做证！

贵　人

蔡克智在医院的走廊里静静地站了一个上午，下午血象检查结果出来后，他凑上去瞅了一眼，看见个“阴”字，吓个半死，心想这下完了，自己一个大男人怎么还整出个“阴性”来。但那是蔡克智人生中的第一次体检。过了体检关，九九八十一难才开始。

63岁的蔡克智是丰收村唯一一个开着奥迪种地、打工的人。在这个小山村，这成为一景。

老蔡是从东坪小学副校长岗位退休的，妻子是农民。他一生都没有离开过农村。听老蔡讲自己的故事，就是听几代民办教师的奋斗史、艰辛史。那是特殊时代的一个特殊群体，是应该受人尊重的职业。

1974年高中毕业后，我被安排到公社整组，每月挣20个工分，12元钱。两年后考上民办教师，工资涨到24元，工分没有了。当时民办教师间的竞争也很大，今年精减，明年精减，是不得了的事。

这样的日子过了10年，我被调到柳湾村小学任教。柳湾比我出生的茨沟条件好不少，我干脆把户口也转过来。那时工资涨到了160元，感觉挺不少的。

那年，全县组织民办教师转正考试，这对我们来说是渴望已久的机会，但考上后要不带薪上两年学。我媳妇是农民，没有收入，这两年日子就没法过下去，我特别纠结，决定不去参加考试。

东坪中学校长王政是我的好朋友，他掏了38元替我报的名，还宽慰说："不管怎样，你去考！我又不要你还报名费，就当是去商州逛一下。"镇安县去参加考试的有94人，考点在商州附小。几十年过去了，当时的情景像刻在脑子里一样，这辈子也不会抹去。

考试时，别人带着一摞摞的复习资料，抽空就学习。我穿着"两条筋"背心和大裤衩去的，气得王政校长想骂人："你这个蔡老师，别人头悬梁锥刺股地复习，你怎么屎打忽儿没当回事？"

考完试我就当交了差。当时镇安县修峠峪公路，要求吃公饭的去大会战，我在工地上会战了11天。有天拉肚子，双腿发软，工地上嫌我占着茅坑光拉屎，打发回家休整几天。我坐着手扶拖拉机到柳湾道班时，道班工张进武说："蔡老师，请客呀！"我说："这年月，拉个肚子还要请客？"他说："这里有东坪王校长打发学生送来个通知，你看看！"打开字条，我傻眼了，上面写着："请于中午12点前到县医院体检！"

中午12点前体检，我晚上7点才接到通知，这不是命运在开玩笑嘛。算了，我放弃，原本也没想着去。去上学这两年，老婆孩子谁来管？我一边给自己找解脱的理由，一边往家走。拖拉机手晚上住在东坪中学，他回去后刚好碰见王政校长。王校长问："蔡老师从工地上回来了没？""人倒是回来了，体检时间误了，他也不打算去了。"拖拉机手回答。

第二天一早，王校长又打发一名六年级学生跑步送来一个字条，上面写着："无论如何，你到学校来一下。"我和送信的学生一起步行到东坪中学，王校长说："你考上不容易，镇安只录了八个人，你是第五名。如果这次不去，以后转正的机会不会太多。"

“但体检时间已经过了！”我焦急地说。

“你明天到县医院问一下，看有没有补救的办法。”王政校长特别执着。

第二天天不亮，我就到村口的公路去等车，结果路边一个三轮车上有人睡觉，他知道我要去“民转公”体检，二话不说，拉着我就往县医院跑。到了医院，一分钱没要就走了，我连个名字都没记下。后来，我多次去附近的几个村打问这个人，就是想表达一下感谢，始终没有找到人。

到医院才知道，体检安排三天时间，今天是最后一天。抽血时，医生还说，没见过你这样的人，别的考生第一天都来体检了，生怕自己误了事，你有什么事能比这重要？

我在医院的走廊里静静地站了一个上午，下午血象检查结果出来后，我凑上去瞅了一眼，看见个“阴”字，吓个半死，心想这下完了，我一个大男人怎么还整出个“阴性”来。现在回想起来都觉得好笑，但那是我人生中的第一次体检。

过了体检关，九九八十一难才开始。

民办教师转正要县计生委的计划生育证，那时超生是要一票否决的。我的第一个孩子是女孩，女儿7岁时办理了二胎准生证。当时生二胎，是要看户口所在地的人口多少而定。柳湾村人口少，办准生证不难，关键是我把准生证丢了。

我到县计生委求助，人家一听民办教师二十年转正，都说是好事，但也要有据可查。最后在一大堆的存根里终于找到属于我的那一张。说实话，当时真想大哭一场。

人生如戏，我的戏才刚刚开场。过了一些天，我们镇上一起考录的朱老师已收到了商洛师范山阳分校发来的入学通知书，我度日如年地又等了三天才收到。我俩在一起比对了一下邮戳，他盖的是山阳邮局的戳，我的是西安邮局的戳。

后来才知道，这三天发生的事才叫惊险。

商洛师范山阳分校的校长叫贾毅飞，是从西安83中调来的。我的名字小学时叫蔡克芝，五六年级时改成蔡克枝，高中时常用蔡克知，王政校长替我报名时写成蔡克智。贾毅飞校长在录取我时，商洛地区教育局和档案一对照，说不是一个人，不能录。贾校长为了能录取到我，一天一夜没睡觉，专门跑到省教育厅去解释。通过比对照片和其他信息，确认是一个人后，现场拿到了录取通知书，并自己掏钱从西安邮局寄给了我。这就是我推后三天拿到录取通知书，邮戳是西安的原因。

入学报到那天，贾校长在校门口站着，听说是镇安的学生来了，他问："蔡克智来了没有？"我举起手说："是我。"他说："来了就好，来了就好。"别的什么也没说就走了。

一个月后的一个周末，贾校长对我说："这周你别回家了，我有块菜地你明天帮着挖一下。"第二天到他家，菜地只有双人床那么大，我们两个人一会儿就整好了。蔡校长留我在他家吃饭，猜拳喝酒时，他说："你出九九长寿赢了，我喝两杯；我出步步高升赢了，你喝两杯。"席间，我很难把眼前的这位兄长和在学校时黑着脸、学生迟到半分钟都不让进教室的校长联系起来。

喝了一会儿酒后，贾校长叮嘱我，你以后就用蔡克智这个名，不能再改了。看到我有点疑惑，他把录取的过程详细说了一遍，听得我后背一阵阵发紧。从贾校长家出来，我觉得天从来没有那么蓝，草从来没有那么绿，一种劫后余生的欣喜让我感到世界真的很美好。

对于穷人来说，弄啥都要对时辰。

我去上学了，家里还有三口人，他们的嘴不能挂起来，怎么办？那就贷款过日子。刚考上时，东坪乡信用社的一个朋友答应给我贷一笔款，报名前三天去拿钱时，这也不行，那也不行，这不误事嘛！我在信用社急得转圈圈，忽然撞上一个叫菊花的表外甥女，她知道我的难处后说："表叔，我借给你600元。"我觉得，今天的时辰是对的。

上完学等待分配，我和另一名同学一起到县教育局打问消息。去的时候，他花十几元买了一包红塔山香烟，我花6元钱买了一包茶花烟，结果他递的烟工作人员接住了，我递的烟被挡回来。他的工作去向查到了，我的没查到。临走时，我看见工作人员从自己兜里掏出一支红塔山抽。看来，今天的时辰不对。

咱也不傻，第二次去的时候，我也借钱买了一包红塔山。进门后，我把烟打开，递了一支给工作人员，连盒子放在了办公桌上。对方告诉我分配到离家25公里的长哨乡小学。我连自行车都没有，25公里怎么跑呀！我和这名工作人员的女儿一起上过函授班，于是，当场给人家下话，结果现场就调整为白树小学负责人。这里离家"牙长"一点儿路。我想，今天是个好时辰。

2002年，我在白树小学上任。当时60多个孩子挤在几间危房里上课，一旦下大雨，娃们就不敢来上了。村上的支书张远成是我的小学同学，两个人一合计，借钱盖学校。

我们两人设计的学校是一层九间房，盖两层，一楼当学校，二楼村委会办公用。想着这里马上就是村里的政治、文化中心，两个人兴奋得自己画图纸，没日没夜组织施工。没想到，装修都搞完了，眼看就要学生入驻了，县教育局的一名副局长忽然来检查，让我们停工，理由是面积超标，太豪华了。

当时，地方财政很紧，县里有一条规定：哪个民办教师能建起几间教学用房，不用去上学，直接转正。我们自筹钱建学校，错在哪里？那位副局长把我和张远成叫到县教育局，当着局长的面，训了一个多小时。局长一直拿着报纸看，一句话也没说。等副局长训得都没劲说话了，局长放下报纸，抬起头，轻轻说了句："你俩回去吧，早点把娃们搬进新教室，抽时间我去看望你们。"训我们的副局长听后，气得摔门而出，局长给我俩每人发了一支烟。

四年后，白树小学撤并了，我调到东坪小学当副校长。到退休时，我从事教学工作43年。从每月12元工资，到现在5390元的退休金，可以说，我经历了中国乡村教育最困难时期，也见证了国家对教育的日益重视。

教学43年，我给学生常说的一句话是："坚持数年必有好处。"这也是我的人生经历总结。我的父亲参加过抗美援朝，他的肚皮上有一块弹片擦过的伤疤。小的时候，我经常俯在他的身上抠伤疤玩。父亲重视子女们的学习，但常常因为没有钱而煎熬。

初中毕业时，东坪乡只有10个人考上了高中，我是第一名。正月初六要去报名，初二我和父亲去外婆家玩，路上我对他说："我想去上学。"父亲说："去不了，你是老大，得留下来挣工分。"过年，我得了3元压岁钱，报名费是6元钱。我央求父亲说："让我去学校看看，如果能赊账，我就上学；赊不了，我就死心了，回来安心劳动。"

正月的秦岭山里，到处积着冰雪。我穿着草鞋步行五六十里路到青铜中学。校长见了我说："你穿得这么单薄，先烤一会儿火。"听了我的情况，他说不要紧，学校给成绩好的学生一个月有2元钱的助学金。听校长这么一说，我鼻涕和眼泪一起往下流。

有学上了，生活费还要自己想办法。我初中时一个女同学的父亲在青铜中学边上的供销社当主任，我去投靠人家，周天给供销社砸核桃，能挣三四块钱；我们高中班级里有一个同学是青铜区公所党委书记的儿子，我俩周天上山砍柴，100斤8毛钱卖给区公所的灶上；我和一名叫杨仲才的同学，一个夏天脱了8万块土坯，虽然每块工钱只有2分钱，但那也是一笔巨款。

1976年高中毕业后，赶上知识青年上山下乡，咱是农村孩子只能回乡。

我10岁的时候吃过观音土。坡上的野草吃光了，五味子叶子、构树花也吃光了。村里互相借米，都是碗底一点点。生产队里，大家都在混工分，好的麦子提了公粮，一家能分四五十斤麦花。

到了1982年，一家打1000多斤麦子，相当于之前一个生产队的收成。我们村里90多岁的余庭贤说话有点结巴："现今这么好的社会，我们不、不、不该老呀！"

等我转正拿到粮本时，粮食放开了，一两粮也没买过。红塑料皮皮的粮本本成了纪念品。那时能吃上商品粮的，高贵得很。

1979年，我结婚的时候花了100元。现在还记得，方方的一条围巾，一双袜子就把媳妇娶回来了。当时我爸是村支书，公社干部来了32个人，每人凑5毛，16元钱买了一块被面。婚礼上，抽2毛2分钱一盒的宝成烟，只放了一串鞭炮。

我这一生最失败的事是，2013年，儿子和本村的一个姑娘结婚，婚后三天，儿媳回娘家时跑了。才三天呀，客人都没走空。后来，女方起诉离婚，法院问理由，她只说对她照顾不周，法院不予判决。订婚和结婚时，我们给了3万元彩礼，七大姑八大姨的，光硬票子掏出去12万元。我们起诉离婚，法院调解到五六万元，她家还不愿意出，最后下的判决书，返还我们家35000元，就这，到现在一分钱也没拿到。

我儿子33岁了，第一次婚姻给他心里留下阴影，现在提都不想提成家的事，你说愁人不？！

2018年，儿子抵账开回来一辆奥迪A6L轿车，放在家里我开着用。天气好的时候，我给别人打个零工，在景区里除除草，一天能挣120元，也散心了。

挺好的。

“八类”人员

有次，一位中药材商找到张世彦要收购旺春树皮，他知道那是用来冒充厚朴。“你黑了良心，这样日弄病人不怕遭报应？”对方一听这话，悻悻离去。

也有让张世彦高兴的事，随着秦岭生态的持续向好，有一阵子采不到的中药材又出现了。“长在山岩上的还魂草，中间有一朵小蓝花，人在休克时，用这草冲杯水，喝下去就缓过来了。”

68岁的张世彦当过赤脚医生、民办教师，“八类”人员中独占两类。教育系统一个月补助170元，卫生系统补助220元。他只当了三年民办教师的爱人田庭芝因为超生被辞退，一个月补助150元。

1969年，村里的白树小学一夜间变成了“防修小学”，70多名学生除了到各生产队劳动，就是排练，到处跳“忠字舞”。因为村里人识字的不多，所以只是小学六年级毕业的张世彦就当上了民办教师。这年他只有16岁。

当时“刘总”和“红大联”两派在山沟里真刀真枪地干，不少学校的学生跑光了。张世彦和另一位老师李忠孝把孩子们“圈”在学校。冬天，没有经费买炭，就带着学生到山上烧木炭，背下来烤火。

这样的苦日子熬了六年。有一天，县上文教部门来人考核教学质量，防修小学的学生中温学明、张双均考了99分，在全县放了“卫星”。尽管快过去50年了，张世彦至今仍对这事记忆犹新。让他痛心的是，这两个学生后来因家境贫寒，初中辍学后分别做了泥瓦工、水电工。

直到1973年，中国政治形势发生变化，教育逐步回归正常，学生也回归正常的学习状态。就在张世彦把全部心思用在教学上时，一件事改变了他的人生轨迹。

县里组织民办教师转正考试，从教学能力上考虑，张世彦是指定的考生。通知发到当时的东坪乡，乡教育专干把这一名额换成了自己的关系户。主持考试的县文教局局长在核实考生时，直接把代替的人挡在了考场外。

“你这人太没出息了，我们通知你去考试，为什么不去呢？”考试结束后，县文教局局长骑着自行车来到张世彦家，当头就是一通训斥。

张世彦被训蒙了，他压根儿不知道有这么回事。

县文教局局长把从中捣鬼的专干撤了职，心灰意冷的张世彦辞职回家。当时，他的工资一个月23元，在村里还算不错的收入。决定辞职，除了怄气外，他家是双女户，还想生一个儿子。

辞职后的张世彦，凭着小学毕业后跟太外公学习两年中医的基础，成了村上的赤脚医生，并开了中医铺。1986年，村里成立卫生室，他成了村医，中西医并用。

张世彦的太外公叶先准在当地是名中医，老人带徒弟特别苛刻，尤其是对医德的要求。“他首先观察你这个人，人品不行，中医最关键的‘切脉’他就不教给你。”张世彦说，自己跟师学艺的两年多时间，深得老人厚爱。

从行医到65岁从村医岗位上退休，张世彦手头上积攒了近一公斤的欠费条，加起来有好几十万元。

村里的五保户刘有成得了胃癌，痛起来满地打滚，张世彦中西医结合治疗了三年时间。2012年，刘有成去世后，张世彦把8万元的欠账单付之一炬。“人死了，账就烂了。你明知会烂账，但如果不去看病，那你的医德就失了。”

张家梁的杨清稳在外打工时肩部骨折，手术后留下后遗症。张世彦用中药为他调理了半年时间，杨清稳恢复了劳动能力，还特意送来了一面锦旗。

让张世彦难受的是，自己用尽心思治好的杨清稳再次到煤矿去打工，因矿难塌死在煤窑了。

在张世彦这里，有不少实用的偏方或常识，他会顺口就传授给村民：

没学会说话的孩子不能喝麝香水，一喝就会成哑巴；中午11点至下午1点间不能扎针，午时身体正在循环，如果钢针碰上神经，很容易出人命；苍术是治风湿的一味药，但采回来后一定要用麦麸搅拌后“发汗”，如果少了这个环节，入药后人喝了药汤，会出汗不止。

苍术、连翘、柴胡、葛根、夏枯草、鱼腥草、金银花、石泽兰……秦岭山里生长着许多道地药材，尤其以柴胡、苍术、金银花药性最好。村民在种地的同时，常常顺手采一点儿药回来自用，张世彦就成了中药指导师。

有的村民浑身瘙痒，张世彦让他们上山采岩风草、荆芥、忍冬藤，然后加点硫黄煎水蒸洗，都说比用西药膏管用。

有的村民腰腿痛，他就指导用杜仲、金毛狗、赤芍、红花、川芎、盘龙七泡酒喝。他还常常用自己秘制的药酒让大家品尝，那是人参、枸杞、牡蛎、桃仁、红花、盘龙七和纯粮食酒炮制的佳酿。

为了治病救人，张世彦有两次差点失去自己的生命。

2017年，65岁的张世彦骑着摩托车到丰收村十组搞健康扶贫，这是他当村医的最后一年。在山顶一条小道上拐弯时，摩托车倾覆，他重重地摔在地上，当场昏迷过去。村民曹先兵路过时，发现地上俯卧一个人，头部下的土地上有一大摊血迹，以为人已死了。把身体搬过来，看到还有呼吸，才打电话求救。

张世彦左胳膊脱臼，左大臂骨折，下嘴唇撕裂一个大口子，缝了12针。

有一年秋季，他在洞子沟小塔云山采鱼鳖草和金钗时，脚下一打滑，掉进两丈多深的山洞里。最可怕的是，腰部刚好撞在树桩上，腰椎发生移位。当时还没有手机，如不想办法自行逃离，生死难料。

张世彦忍着剧痛，利用树桩的杠杆作用，自己给腰椎进行复位。他在地上静坐了两个多小时，等体力有所恢复，拽着藤条和杂草爬出了山洞。

至今，他都难以想象当时哪里来的那么大的力量和勇气。“只能说自己还不想死。”张世彦说，绝境中的人潜力是无穷的。

为什么自己采药呢？张世彦就是为了便宜一些。一公斤柴胡买价要70元。如果是自采的，只给村民按20元划价，所以，凡用自采的药，看病的价钱能省三分之二。

还有一个原因，中药材市场乱象让人担心。张世彦亲眼看见有人用气味相近的槐檣树皮当厚朴卖，前者没有任何药效。

有一次，一位中药材商找到张世彦要收购旺春树皮，他知道那是用来冒充厚朴的。“你黑了良心，这样日弄病人不怕遭报应？”对方一听这话，悻悻离去。

也有让张世彦高兴的事，随着秦岭生态的持续向好，有一阵子采不到的中药材又出现了。“长在山岩上的还魂草，中间有一朵小蓝花，人在休克时，用这草冲杯水，喝下去就缓过来了。”

现在，秦岭的主要路口都有检查站，不让进入核心区采药，张世彦外出采药的次数也就越来越少。

65岁后，按规定张世彦从村医岗位“退休”，每月

1400元的补贴变成了220元。他靠中医诊所收入维持生活，一年4万元左右。

“万元户”

十多年前，朱立高看到那些官员们成天大吃大喝，晚上睡不着觉时就想，如果国家再有战争，还会不会有黄继光和董存瑞出现？于是，每天晚上雷打不动看《新闻联播》，看到徐才厚、薄熙来那伙子倒台后，他心里敞亮多了，得出一句话：“一只虼蚤是顶不起一床被子的。”

在村里的近两个月时间里，我不敢懈怠每一个清晨。天一放亮，顺着磨石沟的河边缓缓步行。每每，山顶的薄雾像新娘头上的白纱，轻柔、飘逸。对于一个有工作负荷的人，散步是为了缓解即将到来的紧张采访，也为了邂逅被访者。

朱立高是我每天散步都会遇到的人，起初互相间客气地点点头，他把我当成了游客。两三次相遇后，他认定我是新来的驻村工作队员。一天，他指着路边被风撕坏的宣传横幅对我说：“咋不赶快叫人把它拾掇一下呢？”看来，他是真的关心集体的事。

次日，再次见面时，我俩像认识很久的老朋友一样，心照不宣地报以对方一个微笑。他停下脚步，靠在河边“枯木”造型的水泥护栏上，滔滔不绝地讲述起自己的身世，他的话如潺潺的溪水，清澈、顺畅，自带波澜。讲到动情之处，泪花飞溅。

他是地主的后代，是当年的“万元户”，在村民眼里是另一类人。我调整了当天的采访计划，走进公路边那三间村民很少去的民居。

1982年，我想办个水轮钢磨厂，那会儿银行有钱，一般人不敢去贷。银行要放给我20万元，我说有5万元就够了，生怕贷多还不起。

我的钢磨是水轮子带动，比别人家靠柴油机带动的成本低，磨一斤小麦只收8分钱，相当于别人家一半的价，很有竞争力。最多时一天能磨千斤麦子，挣大几十块。干了八年，动力电来了，水磨转得太慢，就淘汰了，但那时我已是名副其实的“万元户”了。

20世纪90年代初，国家提倡让一部分人先富起来，我手里有点积蓄，就办起了桐油加工厂，一年能挣1万元，还给国家缴税七八千元。说实话，那会儿国家穷，税不轻，但蛮有成就感。

桐树生长期在10年左右。后来没人栽桐树了，就产不出桐籽，原料开始受限。加上桐油是做木结构建筑时用的，随着建筑材料的时兴，消费的地方也就少了。两头“受气”，厂子只开了8年，我能挣下10万元。

我门前这大块平地是吃亏得来的。这里原本是稻田，亩产能达到800斤，而坡地种玉米和小麦一亩能产100多斤。缴农业税时，是按地块产量缴，一亩水稻田的税抵五亩坡地，大家争着要坡地。那会儿我在办厂子，把工夫算得精，为了图方便，把房子周围一转圈两亩半水田全部兑回来。当时，一年要往出拿几百元“三提五统”钱，有人说咱钱多人傻。前两年修童话磨石沟景区时，征了我家两亩地，一亩给29800元，有人又说咱有眼光。我的处世原则是，吃亏是福，因为人不长前后眼。

丰收村近些年面貌大变样，说实话得亏有个得力的村“两委”班子，尽管因为吃低保的事，我向上级告过他们的状，但这是两码事，一码归一码，各是各的。我没事时，给村上写了几句“顺口溜”，这是发自内心的。

有人说话理太偏，
说丰收地理环境占优先。
丰收村，没有川，
一沟牵带两面山。
阳坡牛羊烤烟大基地，
阴坡核桃板栗桑树密。
村委会居中间，
上面有棵百年白果树，
下面有个千年金石关。
村里有个先进党支部，
还有出席全国党代会的人一员。
移民搬迁沿着公路建两边，
扶贫楼房依着山坡竞相连。
各项工作有亮点，
感动上级来投资。
把荒凉河滩变成童话的景区，
把泛滥河水驯成游龙的景泉。
只有党的光辉普照，
人民才能享受如此美好的家园。

我文化程度不高，只上了一年高中，因为成分太高被学校开除。其实，那会儿我们家只有30多亩地，政策一来，就要从筷子里面拔旗杆，谁家地多谁就是地主。

从学校回到生产队，被抽去搞副业，整整烧了三年炭。上山烧炭，上下午都要过一次河，三九天也要过冷水河，没膝的冷水落下寒腿病，把身体毁了。我常给娃们讲现在的政策好、社会好，也慨叹自己生错了时代。但历史就是这样弯弯曲折的，没有过去的弯，就不会有今天的直。

我父亲36岁时去世，当时我母亲只有32岁。父亲走后，母亲一直没有改嫁，2013年腊月二十七去世时，92岁。这60年里，母亲吃了不少苦。她去世后，我把她安葬在院子里，离房子不到两米远。母亲一辈子有功，埋远了，上坟不方便。我现在吃好饭时，就给母亲上一点祭饭，高兴或不高兴时，拿个小板凳坐在母亲的坟前，念叨上几句。

我有四个儿子两个女儿，两个儿子在昆明，两个在镇安，过得都不容易。我老婆脑梗瘫痪11年。最初几年，外地的两个儿子每月各掏1000元，刚好一个月花2000元请个保姆照顾。三年前都给不起了，我又找女儿借了6万元，付保姆的工资。11年换了27个保姆，都嫌不干净。保姆说走就走了，我不能撂下老婆不管呀！我25岁结的婚，那时已经快成光棍汉了。她那时才18岁，没得文化，不知道什么叫阶级，稀里糊涂就嫁过来了，所以我侍候她11年也理所当然，这叫患难夫妻。

老婆得病后，开支一下子猛增。说实话，“地主家的余粮也不多了”。我还是很要面子的一个人，也顾不上原来“万元户”的名头，跟村干部开口，想吃个低保。唉，人穷志短、马瘦毛长嘛！得到的答复是，单凭老两口，条件够，和儿子们一平均，就吃不上低保。我这个人宁可直中曲，不向曲中求，说话太直，不爱弯弯曲曲。所以，好多事让我去办就容易搞砸，连儿子都说我性格瞎。咱就不是那种磕头捣蒜的人。

吃不上低保，我也有气。就找到当时的青铜关镇党委书记，我看他办公室的墙上写着“立党为公，执政为民”八个字，问他知不知道这些字的由来？我告诉他，古人说：读书志在圣贤，为官心存君国；共产党简洁明了：立党为公，执政为民。他听了说：“你这人又可爱，又可恨。”我的上访就这样失败了。

有人问我，现在对贫困户吃了那么多偏饭，为什么有的贫困户还不记好？我觉得这是个大问题，咱回答不了，但咱有咱的回答方法。我问他："你穿的裤子是买下的还是别人送下的？"他说是买下的。我说，那你穿上裤子后还经常感谢售货员吗？他笑了！我也知道这个比方不太恰当，但这种情况现实中是有的。所以，在农村当干部，千条万条，最重要的一条就是公平和廉洁。老百姓的一双双眼睛就是一对对放大镜，你犄角旮旯那点儿事，他清清楚楚。这也是我这样的人可恨之处，看问题太刁，有时还偏激。

但有些问题要一分为二地看，现在有些贫困户真是不像样子了，关键是懒。相传当年康熙皇帝微服私访时，看见一家补鞋的人家，穷得写不起对联，就让随从拿了50两银子；再往前走，看见父子俩穷得没衣服穿，也让随从给了50两银子。当他返回时再看这两家人，就完全不一样了。鞋匠拿到50两银子，扩大了铺面，生意红红火火，康熙提笔赠一联："大施头小施头施走穷根，长麻绳短麻绳拴住财神。"那对父子拿到钱后，整天用麻布蘸香油点火煮牛肉吃，依然是光屁股，康熙无奈地写下一句话："君子固穷，小人穷斯懒（滥）矣！"

还有人问我，为什么现在人人往钱眼里钻，好像除了挣钱就没别的事可想、可干。我说这个问题太简单，电话里没钱了，就不让你说话了；电表里没钱了，灯就黑了；电视匣子里没钱了，中央新闻都掐了，你说不挣钱能成？

十多年前，我看到那些官员们成天大吃大喝，晚上睡不着觉时就瞎琢磨一些事，想着如果国家再有战争，还会不会有黄继光和董存瑞出现？我每天晚上雷打不动看《新闻联播》，看到徐才厚、薄熙来这伙子倒台后，心里敞亮多了，得出一句话："一只虼蚤是顶不起一床被子的。"

2020年疫情发生后，我天天盯着新闻看，有的时候感动得一场一场流眼泪，特别是钟南山、李兰娟、张伯礼这些人和我年龄不相上下，他们像战士一样往前冲，这不就是这个时期的"黄继光"和"董存瑞"嘛！我常给儿女们讲一句话，国盛才子贵。尽管我年少时因为政策的原因没能上大学，但咱从来没抱怨过谁。

七弟兄

朱立华兄弟七人分成两拨，有时谁都不尿谁，但外人想欺负他们，门儿都没有。有年冬天，大哥在塔云山跑客车时被安坪镇的地痞打了，弟兄七人每人操一根木棍上了对方的门。对方一看这阵势，当场就怂了。内斗是内斗，外面的人，想都别想占七兄弟的便宜，这可能也是农民喜欢超生的一个原因吧。

农村的人和人之间的关系，既简单又复杂，包括兄弟之间的关系，邻里之间的关系，等等。常常简单到两弟兄老死不相往来，复杂到为一点儿地畔也会闹到法院，层层上访。

但有一条，不管是天天斗嘴还是暗地里较劲，不论是你家贫还是我家富，当弟兄面对共同的“敌人”时，会空前团结。说白了，那种亲情、人情是深深扎在人们内心，只是有时以极端、狭隘的形式体现罢了。

朱立华一家便是一例。他们兄弟七人，各有各的出息，但互相间矛盾、争斗不少，有时甚至团年饭都吃不到一起。但家不和受穷，户不和要怂，这个道理谁都懂。如果要是哪个兄弟受了外人的气，七个人瞬间就变成了一个人。

朱立华排行老五，听他讲故事，像是在听一个家族的斗争史、和谐史。

我父亲在僻远的龙盛乡当过信用社主任，是个典型的大男子主义者，在家连水都不会烧。母亲比父亲大四岁，一生都在惯着他。严格地讲，父亲也是一个自私的人。

我们七兄弟中，大哥跑运输；二哥当农民；三哥修电器，是镇上的首富；四哥当过兵，后来考上了县里的公务员；我是老五；老六顶班，在信合上班；老七大学毕业后在西安做农夫山泉的一级代理。

我小的时候，学费都是自己准备，打猪草、放牛、挖黄姜，攒不够了父亲再补上一点儿。衣服一年到头只穿一件，蓝咔叽布，到年底屁股蛋上就有两块补丁。

上初中时，我和六弟住在父亲单位的一间空房子里，自己做饭吃，因此老是迟到，一迟到就罚站。站在教室外，我就想，人生不是唯有读书一件事。有次放学回到住的地方，我烧了一锅开水，水里下的红苕片都快能吃了，六弟把水舀去洗了头。我一躁气，扇了他两耳光。他也歪，拿起一块石头砸我头上，当场就开了“瓢”。我不上学了，你读吧！你自由了，我把机会留给你；你出息了，你哥混不下去时，提携一下就行了。我对六弟说完这些，捂着脑袋就回家了。其实当时我学习特别好，很勤奋，很要强。

家里有五头牛，山上有十几亩地，父亲正等着有个劳力接手这些活，我就成了家里的一大劳力。他从头到尾没有一句劝我上学的话，要不我说父亲自私呢？秋冬犁地，夏天种麦子，我一看这辈子㞞了，别的兄弟都在奔前程，就自己在这儿下死苦，凭什么？还有我这个子，怎么就一点儿都不往高长呢？

我到铅锌矿打工，自己捡点矿石准备卖了钱学个手艺，结果攒的矿石被父亲发现了，他卖钱“充了公”。从此，我捡一点儿卖一点儿，攒够了电焊工学费，就去学习，拿到了特种行业作业证。

我结婚时，借的是老大的房子，是个危房，两个屋子，中间一隔，自立门户。我这人要强，一心想盖几间过渡房。我在自己的土地上盖房，村上的人都不管，反倒是自家的兄弟把我举报了。镇上土管所的人来查，我把举报信拿给我爸看："爸，你看这信是谁写的？"他不吭气了。土管所的人在我家待了半天，刚好是个下雨天，他们担心房子塌了把自己压在里头，写下"实属建房对象"的意见，冒着大雨走了。

这么一折腾，我心灰意冷，不想在村上待了。36岁那年，我找人贷了2万元贴息款，在青铜关镇租了个门面卖碟片。后来做小家电生意，十年时间攒下近30万元。这些年网购兴起，实体店生意一年不如一年，我们村正在搞旅游，一家人商量好，关掉镇上的店面，回村开农家乐。

2015年，我扒掉原来的房子，在野地里三块石头支个锅开伙，搭了个棚子睡觉，开始修建八间顶八间的两层楼房。我不会放线，上高中的女儿一边"百度"，一边学着和我放。有一次夜里，狂风暴雨把我住的棚子卷进了河里，我们一家人用被子顶在头上挡雨。那夜，所有的家当全部泡了。就这，有的兄弟空着房子没人住，也不说让咱去住一住。

我建房子，木工、水电工没有找人，都是自己干，所有建筑材料都是精打细算。同一块瓷砖，镇上卖40元，西安只用20元，我算了一笔账，自己到西安买，刨去运费、自己的误工费，还有余头，省下的都是赚到的，所以直接去西安买。但无论怎么节省，钢筋、水泥不省，你应该能感觉到，我这房子里通信信号不好，就是因为用了14吨龙钢钢筋，钢筋太密了，屏蔽信号。

我建房子花了60万元，钱不够，张口向两个哥哥借了5万元。有的嫂子还说，钱放在银行还能得点利息，借给你白借，你说这话说得多膈应人。

后来，二哥要在老房子地基上建房，我也不客气，你得付我6万元地基费。我对我爸说，你说这地基有我的一份，我就要这个钱；你说没有，我就拍屁股走人！我爸也不好说没我的。现在我算认清了，只有今世兄弟，没有来世兄弟。

我最讨厌父母和兄弟们常说的一句话是：有智吃智，无智吃力。你说，六弟接替父亲的工作内招吃上“公饭”，这算是吃智还是吃力？父母对“吃公家饭”的几个兄弟总是高看一眼。父亲那儿记了一本账，今年谁送的酒多，谁就最孝顺。他怎么不记，平时谁给他经常送水喝、送饭吃呢？唉！也应了农村那句老话：狗咬丑的，人为有的。

去年底，我爸住院，我媳妇撂下农家乐的生意，到县城侍候了十多天。我在大街上跑滴滴快车，我爸给同病房的人夸，自己几儿子在政府哪个部门工作，哪个儿媳在哪儿上班，当农民这些儿子和儿媳提都不提一句，直接省略，把我媳妇气的！后来，病房的人夸我媳妇，说你这“女儿”真孝顺，我爸一句话也不说了。

就这，我爸一喝酒，张口就骂我：你是哪来的野人条子？你说这话多伤人！我身高1米55，其他兄弟们都近1米80，本身我就很自卑。他这么一骂，我在媳妇面前都抬不起头。

我的农家乐建有洗澡间，请了我爸好多次，就是想给他好好搓个背，他不愿意来。我妈只要请，她保准来，我媳妇陪她一起洗澡，洗完了还帮我们择个菜什么的。我对我爸说，你最不爱我了，你能不能对我好点？你就偏爱吃公饭的儿子，我隔天打一桶水都给你送去了，外面当官的那些儿子们，有时间天天见你？

我这人外围处人特别好，你跟我一块吃饭，等你发现了，我已经扫过二维码买单了。有人说我抠，其实我一点儿也不抠，只是觉得挣钱太不容易了。

年轻时，为了生存，我还和三哥学过修表，一天能挣20元钱，高兴得屁都夹不住了。我还给人照过相，第一台相机是傻瓜机子，第二台是135型的海鸥牌，第三台是在西安市东大街402号买的120型机子。那时跑农村照合影、标准照，攒够30个胶卷，坐上六个小时长途汽车，翻过秦岭到西安去冲扩。晚上在火车站过夜，别人撵时，就到桥洞下睡。我不在外面吃饭，明天要去西安了，媳妇准备点干粮，我带上一壶水，一天就够了。

修包茂高速时，我当电焊工，挣了两年好钱。但电焊是高磁场环境，人特别容易发困，一天干上四个小时就想睡觉，所以电焊工不能超过十年时间。今年疫情发生，农家乐彻底没有生意，我不愿意在家待着，找我的徒弟们去搞电焊，他们说你来吧，一年能挣十几万元。我媳妇不让去，说“再干就把自己干死了”。我原来抽5元钱的烟，媳妇观念变了，劝我两天抽一包25元的芙蓉王。我去买最多买10元钱的，她买的话都是25元钱的。

我不敢喝酒，主要是见不得酒后疯疯癫癫的人。我爸就是这种人。

我小的时候性格特别孤僻，不喜欢说话，也不喜欢跟大家跑。总担心自己穿的烂衣服，跑快了会绷烂，那多丢人啊！

这几年腊月三十晚上，兄弟们在我父母那里准备一大桌子菜，叫我去，我都不去。去了鸡毛蒜皮烦人。我是农民，和你们不是一个档次。我爸过八十大寿我都没去，你们风风光光给自己挣面子，但平时的水谁送？菜谁送？那不都是我的事嘛！

从2019年开始，没有外债了。我这人买东西欠人家一毛，下次一定还上。我对女儿的要求比较高，常要求她出人头地，希望她能考上公务员。

我办啥事总遇坎，房子盖了这么多年，连个宅基证都没有，我一次、二次，七次、八次跑，没有人理识咱。反正我是本村的公民，面积超占了，超了你就罚，罚你也来我家罚嘛。你要罚我家，你先把村干部超的都罚了。后来镇上干部到我家院子停车，我媳妇说，你别占我家院子，直接撵走了。

还有一次，一名村干部站在我家院子里对来这里调研的市县领导说，给这家补了多少多少钱，我媳妇当场就说："钱哪儿去了？我们一分钱也没有得，兴许钱让你们拿走了，你别往自己脸上贴金。"多尴尬呀，我在边上站着都觉得尴尬。

我们兄弟七人分成两拨，有时谁都不尿谁，但外人想欺负我们，门儿都没有。去年冬天，我大哥在塔云山跑客车时被安坪镇的地痞打了，弟兄七人每人操一根木棍上了对方的门。那家伙一看这阵势，当场就怂了。他给立了个协议，这次的伤，他负责治好，以后有问题，还是他治疗。

内斗是内斗，外面的人，想都别想占我们的便宜，这就是农民喜欢超生的一个原因吧。我想领养一个男孩，和两个女儿商量，她俩不表态，周围不少同龄人做了输卵管接通手术，有的已生出了男孩。

都是汤汤水水的家常，都是人生的不易，都是世事的长短。而这，正是农村人的日常，是村里人最真实的样子。

第三章　日　子

大山是有阴晴的，你是否

黑云压城？阳光做证！

村　医

白皙水灵的皮肤，乌黑飘逸的长发，一双丹凤眼下皓齿如玉，即使用城里人的审美标准，王瑛也算得上美丽。生了个“不一样的儿子”后，她和丈夫内心始终有一个梦想，那就是有朝一日医学发达了，儿子的病可以治愈，他们付出多少金钱都会去尝试。为了这个不太现实的梦想，他们时刻做着物质上的准备，一家人省吃俭用。

37岁的王瑛一直在等待一个医学奇迹。作为一名村医，她心里清楚，要治好12岁儿子颢颢的疾病，几乎是不可能的。

“喝喝喝，喝喝喝！”一张单人床上，体重120斤的颢颢不停地向看护他的保姆要水喝。高兴时，他会把钢管焊制的架子床摇得吱吱作响；不高兴时，他像一只猫一动不动地俯卧在床上。他的保姆，一位40多岁的农村大嫂，她的视线一刻也不能离开颢颢，因为他会从床上掉下来。

出生时，医院给颢颢的健康评分是两个10分，一个9分，这意味着孩子健康无虞。当时王瑛只有25岁，初为人母的她，高兴得忘记了生产带来的疼痛，对儿子的未来，对自己的小日子有许多美好憧憬。

这样的美梦只持续了三天，噩运便不期而至。颢颢出生的第三天，突发窒息，并导致休克，医院赶紧插氧气抢救，糟糕的是，伴有癫痫发生。

在镇安县医院治疗四个月，病情没有什么明显好转。王瑛和丈夫带着颢颢先后到西安市儿童医院、唐都医院和交大二附院治疗，钱花了不少，病依然发作。

6岁时，颢颢学会了走路，并能简单交流，这让王瑛看到一丝希望，她带着颢颢来到西安市中医医院开始针灸治疗。一个针灸疗程四个月，疼痛让孩子经常莫名生气，必须要有两个大人全天陪护。这样的治疗持续了两年时间，王瑛不得不接受残酷的现实，孩子可能终身不能生活自理。

“唉！颢颢呀，颢颢，今天已经尿湿第四条裤子了，再尿就要光屁股了。”保姆一边替颢颢换裤子，一边念叨。在农村，请这样一个保姆非常不容易，许多人宁愿少挣一点儿到超市去打工，也不愿意照顾病人，免得一天到晚有操不完的心。

颢颢的保姆是王瑛家远房亲戚，前几年丈夫因病去世，为了抚养孩子，她到处打工。2019年，王瑛多次上门邀请，才同意帮忙照看孩子，一个月开2000元工资。

颢颢生病后，当中医的爷爷依然视其为掌上明珠，无论外出看病，还是在家端屎端尿，爷爷从来没有一句怨言，整整陪伴了11年。2019年年初，颢颢的爷爷得了重病，几个月后，恋恋不舍地离开了人世。

王瑛清楚地记得，公公弥留之际，紧紧抓着颢颢的手不放。稍清醒一些，便嘱咐王瑛要对颢颢比正常孩子给予更多的关心，要和婆婆和睦相处，还要对村里的病人细心、耐心一点儿。

从商洛护校毕业的王瑛，2007年嫁到丰收村，丈夫在青铜关卫生院当合疗专干。公公朱枝广在家里开中医诊所，因为人实诚，在村民中落下好口碑。他也是王瑛当村医的启蒙老师。

山里人早上起床后急着到地里干活，往往中午12点才吃一天中的第一顿饭，加上爱吃烟熏的腊肉、腌制的酸菜，所以胃炎、结石病、高血压特别常见。当了村医后，王瑛觉得，比治病更重要的是科普健康生活知识。有时，她从西医的角度向病人讲上一阵，公公朱枝广给开个方，病人一分钱不用花，背着背篓到山上采一些草药回来熬制服用，病就能好个差不多。

“价是价，秤是秤。”这是嫁入朱家门后，王瑛经常听到的六个字。起初，公公开好中药方，王瑛负责用戥子称药，秤杆平衡或耷拉时，公公总会再抓一撮草药补进药包里。戥秤不能亏人，是医者的仁心，也是山里人最纯朴的价值观念。

王瑛家住在村道边上，交通便捷，村卫生室是由一楼两间平房中间隔断，形成了门诊室、中药房、输液间和配药处四个独立空间。冬天，输液间里安置了一个火炉，没人输液时就成为颢颢一天的主要生活场所，火炉四周用木棍撑着颢颢尿湿的裤子。

颢颢爷爷的去世，彻底打乱了这个家庭多年形成的有序生活节奏，少了一个挣钱的主力，也少了一个带孩子的主角，增加的是每个月2000元的保姆费用。

当村医一个月有1000元的工资。这些年，村里外出打工、陪孩子到县城读书的人越来越多，来看病的人相应减少了。按规定，只要病人输液，就可以收取两元的挂号费，但王瑛很少收这笔钱，一则都是熟人，收两块钱显得生分；再则，丰收村是由四个村合并而成的，村里不止一个医务室，相互间还有些竞争。

光靠村医室的收入当然支撑不起这个家，王瑛将一楼的另一间平房改成小超市，日常用品应有尽有。为了增加客源，她申请了陕西信合助农存取款业务。

养老金取现，给学生汇生活费，小额现金存储，在王瑛这里都可以办理，每办理一笔业务，信合补贴两毛钱。担心拿着自己的钱进进出出“刷单”，每月的上限是150笔，加上其他的补贴，王瑛一个月能从信合领取300元左右。

钱看着并不多，但王瑛有着自己完美的商业设计，有人在这里取了养老金，就会在小超市里买一些生活用品带走，可以说能实现“一举两利”。

白皙水灵的皮肤，乌黑飘逸的长发，一双丹凤眼下皓齿如玉，即使用城里人的审美标准，王瑛也算得上美丽，这让她在老人居多的山村里十分抢眼。王瑛说，做女儿时，自己并不算精明之人，甚至有点笨，当了妈妈，尤其是生个“不一样的儿子”后，生活让她不得不精于算计。

她和丈夫内心有一个梦想，那就是有朝一日医学发达了，儿子的病可以治愈，他们付出多少金钱都会去尝试。为了这个不太现实的梦想，他们时刻做着物质上的准备，一家人省吃俭用，锱铢必较。

在某一年的生日前，王瑛向丈夫念叨，“别的男人都会在老婆的生日里送花、送礼物，咱家从来没有过。”话一出口，她就后悔了，王瑛担心伤了丈夫的自尊心，更担心丈夫真的买些礼物，乱花了家里好不容易积攒起来的那点钱。

作为“80后”，王瑛和同龄的女孩一样，喜欢逛逛网店，也渴望能淘到漂亮的衣服。每逢“双十一”，她会把心仪的衣物加入购物车，但并不下单支付，之后再一件件清空，满足一下购物的欲望。

每次在微信朋友圈里，看到别人晒旅游照片，王瑛从来不会点赞，她觉得那样的生活离自己很远很远。儿子出生后的十二年里，几公里远的娘家她都来去匆匆，没有住过一个晚上。她是妈妈，是一个生病的儿子离不开的妈妈。

因为家有病人，王瑛对生病的村民有着感同身受的怜悯。有的人来看病时，明确说自己没带钱，有的人看完病后才会告诉她最近手头紧。几块、几十块、几百块，王瑛手头有一摞厚厚的欠账单，这当中不少钱都要她从一个月千元的工资里垫付，其中有些人已去世了。

老 朱

那年，镇上信用社的会计被野蜂蜇死了，不少人家种黄姜时贷的5000元款成了“无头账”，这才不至于赔得支不起锅。在这次悲剧中“沾光”的村民达数十户。在切身利益面前，有的丧事却被村民当作喜事来讲。

车子在丰收村的阳坡上扭着屁股来回转上71个弯，海拔升至1131米，朱立龙家就到了。

这是一个体形健硕的男人，红红的脸蛋光洁如玉，像是天天吃着高级滋养品，声音底气十足，偶尔还会发出两个铜片撞击的声音，听起来有点刺耳。他已经51岁了。

他家是摘了帽的贫困户。这两年养猪赶上一波好行情，日子彻底翻了过来。所以，朱立龙不太愿意讲述过去、透露自己的收入，担心别人认为他家那顶贫困户的帽子有水分。

我第三次去他家时，已经成了熟人，右手搭在他的肩膀上“威胁”道：“今天不给我讲压箱底的故事，我就吃住在你家不走了。”

“咦，还有这么赖皮的人。”朱立龙笑着把我领进了家门。前两次来时，这门是闭合的，门闩上挂着锁，那锁就像一块 “闲人免进”警示牌。

这是一个标准的陕南民居，客厅居中，左右各连着一间卧室。朱立龙是有资格在沟底的安置小区住楼房的，他主动放弃了，选择就地改造住房，所以这三间房子政府花钱刚刚修缮过。

放弃住楼房的原因特简单，他家正在养猪，如果住了楼房，旧房就要扒掉，没法随时照看小猪。还有，他在这山坳里独居惯了，房前屋后就是大片的菜园、果园、花园，常常“油烧热了去地里摘菜，都不误炒菜的事”。他实在受不了被大楼“圈”起来的感觉，认为那是一种莫大的压抑。

客厅里最抢眼的，是左右两边各摆放着一副刷了桐油的柏木寿材，黄亮黄亮的，像是主人刻意展示的一对高档家具，陌生人乍一瞅，心里有点硌硬。“这东西一副要2万元，只有县上那伙有钱人才肯买，咱老百姓用不起。”朱立龙说。

贫困户“给有钱人准备棺材”，这完全合乎商品社会的逻辑，但总觉得有点黑色幽默。

客厅的正面墙上吊挂着香火案，左边摆放着父亲的照片，母亲去世得早没有留下影像，所以右边是空着的，正中写有“天地君亲师位”。

朱立龙20岁起的10年间，是在山西的煤窑里度过的，当时一天能挣七元钱，如果在镇安打工，一天只能挣三元半。

他回到家乡栽烤烟，碰上烟叶最贱的时间，980斤烤烟叶只卖了1100元，一气之下，扒掉了烤烟炉子。

他跟着大家种植黄姜，却正是当地“炒黄姜”的后期，结果价格一跌再跌，最烂的时间，五元钱一斤买来的湿种子种在地里，收获的黄姜晒干后一元钱一斤都没人要。

“那年，镇上信用社的会计被野蜂蜇死了，种黄姜时贷的5000元款成了‘无头账’，这才不至于赔得支不起锅。”朱立龙说，在这次悲剧中“沾光”的村民达数十户。

在切身利益面前，有的丧事却被当作喜事来讲。

2017年年初，驻村帮扶的陕西省人大机关送来了一车猪，朱立龙领到了一头母猪。当年产了两窝小猪，卖得11000元，也开启了他发猪财的头。

“老朱，你又生了几只猪崽？”同去的村干部打趣道。

“你才生猪崽呢！”朱立龙嘴上不吃亏。

“你这院子猪尿骚味好重呀！”村干部感叹。

“闻惯了就能闻出‘铜钱香’。”老朱讲的是实话。

村里有人讲，朱立龙把生崽的母猪当“月婆”侍候，每天给喂一顿红糖水和鸡蛋羹。

我向他求证，老朱认真地讲起如何才能做好鸡蛋羹，看来这不是玩笑。

除了卖猪崽，他还开着三轮车入户收猪崽贩卖，“2019年10月，西铜沟村收的那批小猪，赚得才叫歪。一条300元钱买的，当天拉回来转手卖了500个元，9条猪净赚1800元。”朱立龙喜欢把猪的计量单位叫作“条”，有种期盼快点成长的意味在里面。

当然，养猪有时也经历滑铁卢。

“张书记，这可咋办啊，我家的母猪‘疯了’，一连咬死5条猪娃，还剩4条快饿死了。”2018年春节期间的一个深夜，朱立龙将电话打到原村支书张远成处求援。

“莫急、莫急，你把猪娃抱到我家来。”张远成告诉他，这是母猪生育头胎时的应激反应。

朱立龙用一床大红被子裹着4头瑟瑟发抖的小猪崽，开着三轮车去给小猪找“奶妈”。

本来这件事到此就该结束了，但后来他酒后的一次表现，让村民给他戴上“忘恩负义”的帽子。

村里有个不成文规定，49岁以下的贫困户都给工作，月发500元。当时朱立龙48岁，没有安排。

那天，他喝完酒后到张远成家骂本家的一位村干部“不是人”，也骂村干部办事不公。

这看似是酒后狂言，但偏偏张远成的儿子是现任村支书，很容易让人理解为“隔山打牛”。

这次“酒后吐真言”事件后，朱立龙决心戒酒，但发现很难，只是把过去“一次多喝”变成“多次少喝”，每天包括早餐在内，次次二两酒。

“这酒坏不了，放上100年也坏不了。”提起酒，朱立龙把我请进他的卧室，床前的空地上整齐地码放着十几塑料桶酒。这是春节期间他请人吊的400斤甘蔗酒，人工费花了300元，够自己喝两年。

二两酒下肚，一天生活才正式开始。地里的活做完后，他会开着三轮车赚外快：拉运一车沙子，能挣60元钱；拉化肥，一袋能挣10元；上一年倒腾魔芋，每斤2毛的差价，赚了4000元。这些年，朱立龙开坏了6个三轮蹦蹦车，最便宜的1200元，最贵的12000元。

在朱立龙眼里，只要动脑筋，就能有钱赚。2018年，猪价毛重7元一斤，他将5头猪喂肥，年底杀掉做成1500斤腊肉，每斤以25元的价钱往外卖。2019年猪崽价格直线上涨，他前半年靠卖小猪回了2万元本钱，后半年育了6头肥猪，做成腊肉后一斤能卖50元。到2020年，只卖小猪，随时准备迎接猪价的下跌。

正是这种精明，让他家的日子有了很大的转变。这些年，他在县城买了一套60平方米的房子，装修好原本计划给儿子做婚房用，儿子在西安打工却很少回来，只有他爱人到县城办事时，去打扫一下卫生、住一住。2019年，老朱花10万元给儿子买了一辆小车，至于什么牌子，不知道。

中午，朱立龙的爱人炒了四个菜招待我们。二两甘蔗酒下肚，不爱露富的老朱主动说起了这一年的收成：2020年上半年卖猪崽得5.4万元，打工挣8000元，魔芋种子卖得上万元，圈里还有21头小猪马上能卖2万元。

“不错呀，老朱！”还没等我夸完，被他那铜片撞击般的声音打断，“喔，人不能没良心，政府一年的帮扶也得算。”四亩魔芋一年产业帮扶1600元，一亩白及帮扶600元，一头猪帮扶800元，每户限3头。

还有，年初帮扶单位送他20只小鸡，担心自己喂不好，他只要了10只。

父 爱

伍正彬想要一辆摩托车，这把伍淑江难住了。在尽量附和孩子的要求和怎样保障孩子安全中难以抉择。摩托车还是买了，伍淑江说第一次坐儿子的摩托车，是做了受伤的心理准备的，“死也要和儿子死在一起。”

夏日晚饭后，丰收村11公里的村道上，一对父子骑着摩托车兜风，摩托车自带的音响里传来高亢的摇滚乐，坐在后排的父亲拿着手机直播儿子骑车的画面，稀疏的头发在风中凌乱。

骑车的青年叫伍正彬，曾经的精神疾病患者。父亲伍淑江每天的陪伴，就是为了博得儿子开心。寻开心、创造条件开心，成了这个家庭的主业。

2015年，高职毕业的伍正彬在江苏打工时，突发精神疾病。自从把儿子接回家，伍淑江和妻子放下所有的工作，24小时陪伴。孩子发病了，经常干的一件事就是自残。夫妻俩把儿子绑在床上，一家人抱头痛哭。过一天算一天，根本不知道什么时候是个头。

即使寸步不离，行为失控的儿子也还是惹出不少是非。伍淑江和爱人万般不舍地把他送到镇安县托养中心。孩子送走了，心就跟着走了。托养中心不太让家属探望，他们就经常悄悄地站在墙外，远远地瞭望自己的孩子。自从孩子生病后，两口子眼泪流得太多，有时连对面的河都看不清楚。两人买来简易的望远镜，在托养中心的远处一遍遍聚焦那个再熟悉不过的身影。

一年多时间的托养，孩子的病没有太大好转，人变得沉默许多，和父母也日渐生分。伍淑江和爱人决定，把儿子接回家，哪怕穷得喝稀饭，也要给儿子半碗。

2017年9月，一个人的到来，彻底改变了这个家庭的气氛。“郭主任9月7号来的我们家，13号解放军第三医院就来车把我儿子接走了。”三年过去，伍淑江对日期仍然记忆犹新。

伍淑江所说的郭主任，是省人大农工委的郭润芝，他在丰收村结对帮扶的正是贫困户伍淑江一家。

因为当过兵，郭润芝动用战友关系，为伍正彬的治疗提供了便利。经过三个月的住院治疗，伍正彬的病情得到完全控制，“我在宝鸡住院时，郭伯伯来看我，那时我说话还不利索，感觉有些丢人。”伍正彬对我说。

孩子的病治好了，郭润芝又操心起伍淑江家致富的事。2017年年底，他知道伍淑江有养牛的意愿，便多方协调，解决了5万元贷款，让伍淑江买来10头牛。

伍淑江有了牛，郭润芝又操心起饲料的事。他向一家饲料企业求情帮扶，给伍淑江要来120袋、近万斤精饲料，“那批饲料只有在秋冬季才舍得给牛吃，其余时间都是喂青草。”精打细算的伍淑江说。

在伍淑江的笔记本里清楚记录着：2020年4月7日，一头牛卖得1.1万元。那时儿子要买电脑，只能用卖牛来筹钱。医生说过，要尽量满足孩子的要求，伍淑江把这句话当箴言。一台电脑花了4500元，近半头牛的价钱，只要儿子开心就值得。

让伍淑江惊喜的是，儿子居然学会自己通过网络定期购买药品，这一喜讯对于这个压抑多年的家庭来说，付出多少金钱都是值得的。

伍正彬想要一辆摩托车，这把伍淑江难住了。在尽量附和孩子的要求和怎样保障孩子安全中难以抉择。摩托车还是买了，伍淑江说第一次坐儿子的摩托车，是做了受伤的心理准备的，“死也要和儿子死在一起。”

尽管儿子没有让他受伤，但骑行得有些猛。于是，伍淑江想出了每天陪儿子兜风的主意，就是想尽量在自己的掌控中，既满足了孩子的要求，又能时时提醒他减速，注意安全。

几年的治疗、调理，伍正彬能到县里报销医药费，还能帮家里割草和喂牛。“没有脱贫政策，我们一家人估计还在山沟沟里流眼泪着呢。”尤大芳说。

近两年，伍淑江的妻子尤大芳已经接受了儿子生病的现实，对家庭的未来又充满期待。

一岁父亲去世，两岁母亲去世，尤大芳的童年是跟着哥哥姐姐吃百家饭长大的。她常常记得，哥哥姐姐外出一天，她就要在家里眼睁睁地挨饿到天黑，以至于20岁嫁给伍淑江时，她瘦得胳膊、腿如麻秆。眼看日子有点儿起色，心爱的儿子生病了，有一阵子，她经常念叨，自己到这个世上是来遭罪的。

现在，伍淑江一家人从山上搬进社区80平方米的安置楼房。也是病急乱投医，自从孩子生病后，尤大芳经常怀疑自己老屋的风水出了问题。有了新房，不仅改善了居住环境，也让尤大芳的心结得到改善。

有时，安顿好家里的一切事务后，伍淑江还会抽空在小区跳会广场舞。他是来这里跳舞的唯一男人，是为了排解自己的苦闷，也是强迫自己走向人前。

“豆腐家”

下午4点钟，200多斤豆腐全部做完，赖胜华开始清洗铁锅，爱人从房后的菜地里摘得一把小油菜，这家人的午饭还得半个小时才能吃上。12个小时后，这一切又得重复一次。一年三百六十五天，天天如此。

赖胜华有个好媳妇，叫什么名字很多人说不上。但村里人有村里人的语言体系，把卖水果的女主人叫“水果家”，卖馒头的女主人叫“馒头家”，按这个叫法，赖胜华的媳妇就应该叫“豆腐家”。在村民眼里，家就是女人的特指，有女人才像个家。

“豆腐家”做豆腐已经有近20年的时间。那时她家从高山上搬到沟底居住，土地离得远了，人和土地就开始陌生了，从“一产”转行进入“二产”，也可能是“三产”。

“豆腐家”做豆腐的初衷是，原来居住在大山里，常年吃不上豆腐，只有过年时一家人才过过嘴瘾，心里总是念叨那豆香味，所以干脆自己动手，做好了往山里卖，让村民们天天有豆腐吃。

起初赖胜华不同意，担心投资打了水漂。“豆腐家”自有她的一套说辞：做老了卖“老豆腐”，做嫩了卖“嫩豆腐”，有劳力挤水就卖“豆腐干”，没劳力挤水就卖“豆腐脑”。最让老赖不能拒绝的是，她连极端情况也考虑了进去，如果没卤水了就卖豆浆，卖不掉放坏了就卖臭豆腐。

“你做你的豆腐，我打我的工。”赖胜华嘴上表示同意，身体却在扎扎实实反对。

“豆腐家”一个人半夜起来磨豆子，赶天亮就要把豆腐做好，自己骑着人力三轮车“谁要一斤割一斤，谁要二两割二两”地沿村叫卖。有时一天能卖掉40斤黄豆做成的豆腐。

山里人持家，米粒掉在桌子上也会捡起来吃下。豆腐卖了，豆渣堆得像小山一样不舍得倒。“豆腐家”想到了养猪，便逮回来了猪娃。

一斤黄豆能做2斤4两豆腐，一斤黄豆2块6毛钱，一斤豆腐零售价2块5毛钱，从经济学的角度，做豆腐已经算得上暴利行业了。

“豆腐家”虽是妇道人家，但做豆腐却有一套成熟的理论做支撑。如黄豆只用当地产的，她的理论是“一方水土养一方人”，外面的黄豆品相再好，来这里水土不服。销量证明，她的理论是对的。

再如，有一种磨豆浆的新设备，可以把豆渣和豆浆分离开，加热时只煮豆浆，不用煮豆渣，省工省柴但口感不好。“豆腐家”坚决不用，她的理论就是“慢工出细活”。

渐渐地，周围的菜市场、农家乐、中小学主动要求长期供应，零售变成了批发，一天40斤的用豆量变成了100斤。同时，周边有几家豆腐坊没生意关门了。

看到家里的生意红火，赖胜华也从工地上撤回来。人力三轮车换成柴油三轮，“豆腐家”负责技术活，赖胜华一早批发完豆腐，开着三轮收山货贩卖。

山里人交易，有时是最原始的以物易物。拉半车化肥上山，换回一车玉米、小麦、大豆，甚至是药材。来回不空，一天能挣几十块。

“我光给山上的老乡推磨子，都搞了好些年。”赖胜华说，村里年轻人少，上年纪的人行动不便，自己种的麦子变不成面粉，他就帮着拉到镇上磨成粉，一斤只赚5分钱的利。

面粉磨好后送到家里，有时看到老人们走路都颤颤巍巍，还要将面粉倒进面柜里，甚至帮忙挑一担子水，劈一会儿柴火。“和村民打交道，眼里要有活，你敬他一尺，他就会敬你一丈。”赖胜华说，好的人品带给自己好的生意。

一粒粒不起眼的黄豆，把这个家撑得十分体面。2003年，从山上搬下来时，他家盖了三间平房，还拉下债务，七年后加盖起了二层。

大儿子是钢筋工，在高速路上干活，儿媳在县城陪娃上学。赖胜华帮着花9万多元买了一辆小轿车，为的就是周末儿媳能载着孩子回到村里，一家三代人热闹两天。小儿子大学毕业后在广东一家发电厂上班，收入相当可观。

多年开三轮车风里雨里，赖胜华落下了关节炎，为了善待自己，他一咬牙花5万元买了辆“五菱红光”，拆掉后座，用来拉货。

“有的时候躺在床上感觉像做梦，你说咱这样的家庭能买得起两辆车，不是做梦是在干啥？”“豆腐家”说，刚从山上搬下来时，全村只有村支书家的儿子有辆摩托车，村民稀罕得不得了，谁能坐上一次摩托车，感觉人都能飞起来似的。

“豆腐家”说，当个农民最害怕的就是手懒，不能下苦，她家每天的日子是从早上5点开始的。

一个寒冷的冬日，我见证了她家的忙碌。清晨，100斤黄豆在电磨的飞旋下，带着浓浓香味的豆浆便喷涌而出，滋滋燃烧的炉火让香味渐次扩散，几勺卤水入锅，原本宁静的豆浆顷刻间便“风起云涌”，液态变成了固态，好似一场魔术。

一大早，头天做好的200多斤豆腐装在数个塑料框里，整齐地码在“五菱红光”的后备厢里，只用一个小时，便会被赖胜华送到十几家客户的手里。“做我们这一行，一天都不能歇，你送得迟一会儿，客户的电话打得呼呼响。每天早上按时和他们见个面，一天没得一个电话。”赖胜华说，自己和爱人都不敢生个病，但正是这种忙碌，使得两口子很少生病，“劳动是最好的药嘛！”

送豆腐的车子刚停稳，赖胜华挑起一担饲料，飞奔着冲向河对面半山腰的养猪场，那里有10头猪在哼哼唧唧要食吃，这些年初每头以1100元买来的猪崽，现在已长到近300斤。饲料是豆渣、玉米和麸皮。不喂饲料，猪长得慢一些，但猪肉紧实，味道香。腊月屠宰后吊成腊肉，一斤能卖50元。

“做豆腐的活不能丢。”这是赖胜华在工地上打工时，常常对在家操劳的爱人说的话，因为工地上是年轻人干的活，上年纪就没人要了。做豆腐是养老的一步退路。

“板栗你采收，但树不能荒了。”这是赖胜华做豆腐时常常对仍然住在山上的哥哥说的话。那里有他的几亩板栗林，现在没有时间照看，便托给了哥哥，想着自己有一天老得做不动豆腐了，还可以靠板栗树养老。

农民没有退休金，给自己留条后路是年轻时就得考虑的事情。

下午4点钟，200多斤豆腐全部卖完，赖胜华开始清洗铁锅，爱人从房后的菜地里摘得一把小油菜，这家人的午饭还得半个小时才能吃上。12个小时后，这一切又重复一次。一年三百六十五天，天天如此。

对了，走出他家门，我在门口的卫生三包卡上看到，“豆腐家”的大名叫益得霞。

第四章　婚　事

大山是有枯荣的，你是否绽放？季节做证！

“我告诉你”

和姚西芳交谈的两个小时里，除了年迈公婆的不断进进出出，姚西芳远在千里外的老公从工地上三次打来视频电话，后两次开口就问那个男记者走了没？能够感受到，一个陌生男人突然闯入他家，一家人都保持高度“戒备”。我不知道，一年见不了几次面的年轻夫妇，会因此能产生多少次误解。

1987年生的姚西芳，背着一个硕大竹编背篓从她家的坡上吃力地行进着，身后跟着两个孩子。

见到生人，不拘谨、不躲闪，她右臂上三道十分明显的伤疤向人提示，这是一个有过非同寻常经历的女人。

循着板凳面宽的小路，行进一公里，多次穿过玉米地后，山窝窝里的七户人家突然呈现在眼前。

用外人的眼光看，这里是美丽的。

站在院落，庭前屋后，饱胀的玉米棒吐出彩色的缨须，健壮的魔芋像小树一样挺拔，红薯垄上张开筷子般的裂缝，宣示着不安和躁动。

从主人的角度看，这里是贫穷的，三间土坯房，除了洁白的外墙，没有什么值得炫耀的地方。

我们的交流从伤疤开始，那是她一生的惨痛记忆。

2000年，姚西芳14岁。因为家里穷，不愿再过“念三天没了钱，念两天没了钱”的求学生活，辍学回家种地。那年烤烟不错，烘烤了几十天的烟叶金黄金黄，一家人对收成充满着希望。

那天，家里雇来了一辆货车，姚西芳天不亮就起床开始做饭，一家人的开支，少女的漂亮裙子、五彩发卡甚至化妆用品，全部寄托在这车烟叶上。

车子发动了，父亲金贵地把准备坐在车厢里的姚西芳拉进驾驶室。对于这位性格开朗、直言直语的女孩，不光家人喜欢，村里人都夸奖。

车子沿着崎岖的山路行进在半坡时，驾驶室飞进来一只巴掌大的黑蝴蝶，连同驾驶员在内的三个人同时惊奇起来，但谁都没说啥，每一个人内心都有不祥的预兆。姚西芳想到昨夜做的一个梦，自己掉进了泥潭，只留下一绺头发，加剧的担心在脑子中飞旋。

数分钟后，汽车刹车失灵，端直撞向停在路边的大货车。

被人从车底救出来的姚西芳有两个清晰记忆：自己的右臂从肘关节至肩部的肉像一张煎饼垂吊着；在公路边拦了许多辆车没人敢拉，担心她死在车里。坚强的姑娘最终坐着大班车来到县城医院救治。

大臂的骨头撞成一包渣，医生要做截肢手术，妈妈拦住死活不让，“一个女孩子家，没有手以后怎成家过日子，哪怕成了‘木棍’你也让她吊着。”

不知挨了多少刀，胳膊、胯部、大腿三个伤处留下190多对针孔。姚西芳的右臂保住了，但有了一只烧火棍一样的“死人手”。

六年时间里，姑娘用左手不停地按摩右胳膊，眼看着血液像小溪一样缓缓地向前流，流过之处，肤色焕发出生机。

那些年，不停点地有人上门提亲，但不是老光棍就是二婚男，她都一口回绝。直到同村同龄的朱枝宝叫人来说亲，她点了头。朱家除了穷，别的都中意。在她心里，穷不可怕，只要人好，穷是可以改变的。

姚西芳嫁入朱家后，才真正见识到什么叫穷。新媳妇第一次打开放粮食的木柜，底子上吊了数得着的一把麦子，这就是全家人的所有口粮。

婚后不久，她把男人打发到工地上，独自在家种起了地。右胳膊不能长时间使劲，她就干一会儿在地头歇一会儿。两年后，家里的粮柜第一次冒了顶。

有了口粮，她陪着丈夫到处去打工。到外地干了三个月，老板赖账，只给买两人的火车票，仅塞10元钱做盘缠。好心的工友实在看不过眼，送他们上火车时，用仅有的几元钱买了一碗面，姚西芳一口也没舍得吃，全部让给丈夫，自己喝了几口面汤。

从新疆到西安的慢车走了三天三夜，两人水米未进。他们仅有的10元钱还要想办法从西安回到镇安呢。

2017年，儿子要上幼儿园，女儿还是“怀抱抱”。村里的学校离家5公里，因车祸留下的心理阴影，姚西芳一见到车心里就乱成了一团，自然没法骑车送孩子入学，只能在县城租房，成为陪读妈妈。这是当下农村教育的通常做法，也是这些家庭一年最大的开支。

“我租的房子带卫生间，一年4000元，房东的弟弟家有不带卫生间的，一年3000元，我想换过去，不知道人家愿意不？”姚西芳说。

房东给姚西芳指定一块单人床大小的菜地，她高兴地扒了一整天，种上葱、空心菜、青菜，还有九个包包菜（莲花白）。“这九个包包菜一腌，够我们娘仨一个冬天的咸菜了。”

有次，房东问姚西芳，为什么不买一个冰箱。她回答，电费一块钱一度，她哪能用得起啊。房东很吃惊，一了解，这个租客，天再热也舍不得用电风扇，夏天有时宁愿敞着门透风。

有一次，她打听到隔壁有一间房子已空置，房东按每度5毛收电费，马上联系承租。结果去晚了，为此她自责了好长时间。

姚西芳的爱人在隧道上打风钻，一个月好的时候能挣6000多元，但她觉得那个活不能干得时间太长，是脑袋别在裤腰袋上的活。

“河对面那家男人，今年出去打风钻，只干了三天就出事了，他弟弟几年前也打工出事，你说倒霉不？”

“我家下面那个大哥，两次塌方都没死，第三次把胸脯压得扁扁的，就剩一口气了，唉！”

姚西芳说，每一次事故对她来说都是深深的刺激、刺痛。所以，她珍惜老公用命换来的每一分钱，有时到了吝啬的程度。不这样做怎么办？都说减轻教育负担，免了学费。但是，因为上学远，陪读，进城，进镇，这是一种更大的负担。按姚西芳家的账算，一年房租4000元，孩子上到初中毕业，就得近40000元房租。对于老百姓来说，这有什么办法？没有。

前些天，她和老公视频时得知，他花20元理了个发，把她心疼得张口就说：“你还不如买个推子自己剪呢。”一句话，把老公的火点了起来，两人好好吵了一架。

“我告诉你，家里用钱的地方太多了。我娃身体不好，一碰上流感她就烧得抽抽，吓得我双腿直打绊。你看我公公脑门上那个深洞，他眼睛不好，上山时摔进沟里，一根木棍插进脑门，得亏有个土郎中，让他活了个‘二世’。我告诉你，你说哪哪不要钱？”

交谈时，三岁的小女儿要吃刚买回来的西瓜，姚西芳用双手解了好长时间塑料袋都没解开，女儿急哭了。她说：“你着急啥，这么好的塑料袋用刀豁了，就损失两毛钱。”

等她解开时，女儿从厨房提来一把菜刀，明知故问：“妈妈，你是不是要切瓜啊？”

姚西芳边切西瓜边说，这是她今天早上在超市排队买的，正常价要十几元，她今天只花了9元钱。

这时我才看到，她背篓里背回的除了西瓜，还有儿子的书本、邻居送给她的三根黄瓜。最让儿子惊喜的是还有几包鱼丸、蟹肉棒等。

“妈妈，你买这么多鱼丸干什么呀？”儿子再次明知故问。

“那不是超市打折，这些只花了7元钱。”她答道。

“妈妈，晚上咱们吃火锅吗？”

姚西芳没有再接儿子的问话，小声说：“我买东西只买打折的。但娃们生病了，药不打折，要多少就得给多少。”

在她家两个小时里，除了年迈公婆的不断进进出出，姚西芳远在千里外的老公从工地上三次打来视频电话，后两次开口就问那个男记者走了没？

能够感受到，一个陌生男人突然闯入他家，一家人都保持高度“戒备”。我不知道，一年见不了几次面的年轻夫妇，会因此能产生多少次误解。

快人快语的姚西芳有“我告诉你”的口头禅。

“你挣的钱，省着点用，等到了四五十岁，我告诉你，就没人要你干活了。”这是她告诉老公的。

“明年女儿上了学，我就去食堂洗盘子，我告诉你，挣多少钱都干。” 这是她告诉自己的。

“你把我说的话写出来，上了报纸，我告诉你，村干部会收拾你的。”这是她发了一通对前任村干部的牢骚后告诉我的。

讲述中，有这位农村妇女对社会的认知。

“你说我们村上那个女的傻不傻？到北京上访，还背了个包包，包包上插了个旗旗，上面写着我要告谁谁谁，结果让人家送回来了。我告诉你，要是让我去，我就不插那个旗旗。”

“对门那个女的，老公出外打工几年了没回来，她就跟坡坡上那个男的过了。我告诉你，家里一年费用高得很，没人帮日子过不下去。”

“几年前，我们这七户人家的路要硬化的，大家凑钱给村干部送红包，人家不要。不知道谁说好话时说错了话，把村干部惹了，这事就放下了，你说我们这七户人家成啥了？成‘小台湾’了！我告诉你，我们当中如果有一个村干部，你看看。”

为了求证姚西芳所说的出行难，我顺着她所指的大路步行到公路上。近两公里的沙石路宽展，但崎岖，偶尔有雨水冲刷出的小坑。8月的正午，步行走完这段下坡路，我用时20分钟左右。

站在公路边的树荫下喘息时，我想起那句话：“人民对美好生活的向往，就是我们的奋斗目标。”

“娃娃亲”

方鼎曾经谈好一个家在县城的女朋友，到了谈婚论嫁阶段，女方的爸爸要8万元彩礼，方家应了；妈妈涨成10万元，方家也应了；姑姑张口改为12万元，方家还是应了；姑父变成15万元，方家咬着牙仍然应了；姨姨最后报价20万元，方家说什么也不应了。

“我给你弄点蜂蜜水吧！”

“我们家的蜜是自己摇的，保证没掺白糖，你趁热尝尝！”

“我们家的蜜是百花蜜，一年才摇一次，百花蜜成分高，比夏季的槐花蜜还好！”

走进方启祥家，62岁的老人极其热情，拿出家里最好的蜂蜜招待客人，行动不太利索的老伴静静地站在一边，右手捂着右半边脸，用“半脸笑容”欢迎我们的到来。老人中风致右边脸面瘫，故不好意思地遮挡住。几个小时前她血压升高到240，随时有倒下的危险，一句“山里人皮实”自我安慰的话，把生命的险情就支在了一边，只要头不发晕，该干什么还干什么。

“明天你要订婚了！”“我知不道！”

方启祥的老伴至今记得50年前两人订婚的情景，她俩是娃娃亲，自己吃了一顿稍微丰盛的饭食，懵懵懂懂就成了别人的女人。12岁订婚，23岁结婚，与其说是长跑了11年，不如说是互相“拴”了11年。

这个拴绳人是方启祥的养父，他是父亲的亲弟弟，原本应该叫叔父。

方启祥的父母生了两个儿子，叔父家无儿无女。从小为人机灵的方启祥深得父母喜爱，在商谈过继问题时，父母一致提出将大儿子过继出去，一向强势的叔父只要聪明过人的方启祥，最终亲生父母做了妥协。

两岁时，方启祥成了别人家的儿子。从此，叔父成了养父，父亲只是生身之父。

“亲生父母在一边，养生父母大如天。”从小在这种思想熏陶下，方启祥谨慎地拿捏着情感上的平衡。

对于养父母来说，有个儿子陪伴在身边就是天大的事，无关乎这个儿子是否优秀，甚至希望他是一个平常人，这样就不会生出变故，订娃娃亲就是实实在在的一招。

然而，生活就是在不断变故中前行。

方启祥的哥哥在12岁时，因出天花而病故。那年，亲生父母在方启祥过继后生育的弟弟只有半岁。

一时间，家族的秩序被打乱了。原本人丁兴旺的亲生父亲家里，小儿成了“独子”，叔父和婶娘异常悲痛，也特别担心他们因此后悔，把启祥要回去。

方启祥的父母非常坚韧，顶着丧子的巨大压力，如常地生活着。为了家丁兴旺，父母选择再次怀孕，结果母亲在生产时大出血，没能救过来，殁时36岁，留下一个还未来得及喂一口奶水的女儿。

多年以后，32岁的弟弟在外地挖煤时出了事故。前去处理后事的方启祥感觉自己整个人被抽空似的，成了一具行尸走肉。

离家时，一个活蹦乱跳的骨肉兄弟，回来时变成一个冰冷的骨灰盒和同样冰冷的2万元“命钱”。

生活在大山里的人啊，常常要以付出生命的代价去讨生活，他们的坚韧真不是从娘胎里带来的，但从出生的第一次啼哭就要响亮一些，一定程度上说，这是生在穷山恶水的人的命。

母亲的死，带给方启祥离开这大山沟的念头，随着青春期的到来，这种想法愈加强烈。

1977年，方启祥终于成为一名铁道兵，他甚至没有和那个已经订婚数年的女孩做一次道别。

让人搞笑的是，离开家的前一天，方启祥和养父在村子后面的塔云寺不期而遇。方启祥来求仙保佑自己在部队能有一番出息，养父的祈求恰恰相反，希望道仙能让儿子留下来不去当兵。

这样的开头，也决定了可以预期的结果。

方启祥当兵第四年，铁道兵集体转业到铁道部，养父担心他会留在外地，一封又一封电报催他退伍，最后一封电报的内容是：“恐将咽气。”

当方启祥火急火燎地回到家中时，养父红光满面地和别人在喝酒。他心里十分生气，但对于这份深沉的爱只能接纳。

方启祥和“娃娃亲”结婚后，当起了村上的团支部书记，后来当上村长。经历过哥哥死亡、母亲离世，方启祥希望自己家人丁兴旺，至少不是那根时常怕断的“细麻绳”，因此他选择超生。小儿子出生那一年，因违反基本国策，当了五年的村长下台了。

山里人要生存，只能靠山吃山。方启祥玩起了根雕、奇石的收藏和交易。

他到三峡去捡长江石，到温州去学习根雕，到河南石佛寺去学石雕。从此，村里人经常看见，方启祥总在山涧、沟滩寻寻觅觅，身后也总是跟着年轻壮实的媳妇当苦力。

运气好的年份，方启祥靠卖奇石和根雕一年收入20万元。2008年北京召开奥运会，他捡了一块图案和体育有关的石头，卖了2.7万元。

“玩根雕，得质地好、花纹好、香味好，圈里人常说的是看形、赏色、闻香。”方启祥说，当地的崖柏、红椿、杂木根都是曾经最受追捧的根艺。

一年两三个月时间在河里、山上转悠，一个手机号码用了近30年没有更换过，为的就是交易、交流方便。有时，方启祥也说不清自己到底是农民、生意人，还是艺术家？

这些年，随着对秦岭保护得越来越严，禁止采伐崖柏，树根也不能轻易挖掘，方启祥的根雕、奇石生意似乎走到了尽头，但另一个机遇又为他的生活打开一扇窗。

四年前，一家叫“至成文旅”的企业看中村里的绿水青山，在这里投资搞民宿，方启祥被聘为园艺部负责人，手下管着六名员工，负责民宿的庭院绿化养护、艺术造型设计加工，一个月3200元工资。

“叮咚。”采访中，方启祥的手机铃声响起，他略带炫耀地说，公司伙食群里又在催促员工报伙食呢，每天中午和晚上，公司给他们提供两顿免费餐。

四年时间里，方启祥为公司制作了几百件根雕作品，现在正在做一个象征爱情的“心形环”，因为来这里住宿的人大多数是一对对年轻情侣。

“我就是凭技能在公司说得起话，要不他们不会这么宠我。”言语间，可以听出方启祥对目前工作环境的满意度。

尽管穿了数层衣服，但一个块头不小的银佛饰品还是从方启祥的领口露了出来。这是2020年9月公司组织优秀员工去云南旅游时，他花了600元请来的。这一趟旅行，他还给老伴买了银手镯，给女儿和孙子分别买了不同的礼物，一共花了2000多元。

方启祥和老伴住在一幢三层12间房屋的楼房里，房子旁边有一泓清澈的山泉，冬季的清晨，山泉冒起的水汽形成薄雾，如仙境般优美。

30年前在这里修老房子时，方启祥还是村长，时任镇党委书记的父亲是一位风水先生，他亲自来这里选址，并神秘地说，这是难得的阳宅之地，30年后你家一定能发这股山泉的财。巧的是，30多年后至成文旅正是首先看上这股山泉，才来这里投资的。这件事，方启祥说得有滋有味。

新房子是五年前修建的，花费了60多万元，用光了方启祥全部积蓄。他原本是要在这里开农家乐的，但两个儿子和他的想法不一样，所以二三层完全空着。

方启祥大儿子和儿媳在上海一家企业搞销售，一个月能收入2万元以上，年底公司还能有数万元的分红，尽管买不起上海的房子，但也看不上丰收村的房屋。儿媳是宝鸡人，在西府置办房产一直是两口子的心愿。为了能节省点钱，他们把儿子留在丰收村上小学，接送孙子并辅导作业成了方启祥工作之余最重要的事。

当然，在方启祥的心头，还有一件十分紧迫的事，那就是给32岁的小儿子方鼎找一个媳妇。

当年为了生育方鼎，方启祥丢掉村长的职位，他希望儿子能延续自己的军人梦想，于是便把方鼎送到四川宜宾去当武警。孰料，第二年便发生震惊世界的汶川大地震。在地震中心救了整整一个月的灾，这是他人生难得的经历。他后来退役了。

回到镇安，一个月1200元的协警工作干了四年，实在养活不起自己，方鼎辞职回家。方启祥在带锁的抽屉里，精心地保存着儿子当协警时被评为年度先进个人的荣誉证书，因为发证单位是镇安县委办，所以老方觉得很珍贵。

后来，方鼎跟着当地的大老板刘哲在山西的一家煤矿上当库管，一个月能挣7000元工资，一干就是七年。但煤矿上没女孩，成家的事也耽误了。刘哲承诺，再跟自己干上三年，就给“解决”一个媳妇，怎么个解决法，大家不得而知。

在当协警时，方鼎曾经谈好一个家在县城的女朋友，到了谈婚论嫁阶段，女方的爸爸要8万元彩礼，方家应了；妈妈涨成10万元，方家也应了；姑姑张口改为12万元，方家还是应了；姑父变成15万元，方家咬着牙仍然应了；姨姨来最后报价20万元，方家说什么也不应了。

这一次谈婚论嫁变成谈婚论“价”，严重伤了方鼎的心，他心中的爱情原本不是这样的，但现实却就是这样。

得知儿子2020年回家过年，方启祥最近加了一个婚介所的微信群，对方说手头上有不少好姑娘，介绍成功后，千儿八百按良心打个赏就行。老方将信将疑，但面对32岁没有成家的儿子，他宁可信其有。

方启祥的根雕作品陈列室是一个套间，外屋的两个玻璃柜里，摆放着他和老伴的各种药品，好似一个药店。高血压、脑中风、关节炎、膀胱结石、前列腺炎，两人的疾病加起来有近十种。里间最显眼的地方摆放着方启祥温州的根雕师傅赠予他的崖柏根雕，人参造型，寓意人生如意。

墙壁上挂着陈忠实的书法作品："气清更觉山川近，心远方知宇宙宽。"那是多年前，陈老参观完方启祥的根雕和奇石，现场书写的。

靓　仔

受疫情影响，张浩祥开了十年的饭店关张了。性格要强的张浩祥在人前装得大大咧咧，送走所有员工，拉下电闸，和妻子静静地坐在饭店一角，还是流泪了。"关就关吧，能落下你就是我开饭店最大的收获。"一向口风很严的张浩祥，在酒精的作用下，向妻子吐露真言。美丽大方的妻子是张浩祥的初恋。

1982年出生的张浩祥，在人们眼中是"全村最靓的仔"。那天一见面，我好失望：两只眼皮有点耷拉，呈现出一双三角眼，还长了两颗龅牙。

"村民们都啥眼神？"在这样的疑惑中，他接受了我的采访。

张浩祥之靓，在于"口风严"。

语言少、活干得好，这两个潜质，在当下老板们的圈里最稀缺。有的人和领导吃了次饭，恨不得全世界广而告之。浩祥是“雷炸在肚子里也不出声”的那种人，所以他包工程常能揽来“回头活”，渐渐成了小有名气的老板。

张浩祥之靓，在于“爱玩车”。

雪佛兰、皮卡、中华、起亚、奔驰、霸道、路虎，这是他这些年买过的车、玩坏的车。多年前，县里的越野协会经常组织大家赛车，浩祥一有空就参加。两年前，越野协会解散了，据说和大家手头紧有关系。

张浩祥之靓，在于“心肠善”。

几个朋友谝闲，说到村里的敬老院，浩祥提议大家去看望老人。于是，有人去买衣服，有人去买猪肉，AA制，2万元的开支大家平摊，还约定，每年中秋节慰问一次。

“书记，村上再不给付工程款，我就当一回上访户。”张浩祥席间向村支书说的这句话，成为这顿晚饭中的最大“意外”。是什么让口风如此严的老板要去上访？

几年前，浩祥为村上垫资修河堤，至今村里仍欠着

49万元工程款。往年，他开在县城的乡水肴饭店生意火爆，这点钱还能垫得起。2020年疫情发生后，600多平方米的饭店关了门，手头一下子紧巴起来。

乡水肴开了10年时间，最多时员工有20多人，张浩祥在外搞工程，妻子打理饭店生意。因为两口子为人厚道，好多员工一干就是七八年时间。

疫情发生后，营业额从每天的2万元降到1000元以下，单日亏损超过2000元，员工们主动提出降低工资保饭店开张，张浩祥和爱人感动了，又硬撑了4个月，亏损二十大几万元，最终还是撑不下去了。

2020年6月12日晚8点，张浩祥亲自下厨，给大家做了一顿丰盛的“散伙饭”，好多人含着泪水，筷子都没有动。

尽管损失不小，尽管员工们主动提出降薪，但“最后的晚餐”前，张浩祥和爱人按正常月份一分不少地给所有人开了工资。

“张哥，你再开个小点的饭馆，兄弟义务当厨师。”大厨魏创斌端着酒杯，泣不成声。这位来自蒲城的小伙，从饭店开张那天就在这里掌勺，一干就是十年。他舍不得这份工作，更舍不得这伙人。

性格要强的张浩祥在人前装得大大咧咧，送走所有员工，拉下电闸，他和妻子静静地坐在饭店一角，还是流泪了。在这个黑暗的角落里，有太多的事值得回忆。

“关就关吧，能落下你就是我开饭店最大的收获。”一向口风很严的张浩祥，在酒精的作用下，向妻子吐露真言。美丽大方的妻子，是张浩祥的初恋。

这些年，他们一起相守相伴，经历过许多艰难的时刻。浩祥说，女人担起事来，有时比男人的肩头还能扛硬。

只上到初中一年级，张浩祥就辍学回家，任凭当过民办教师的父母如何威逼、利诱、恫吓，他再也没有回到那个“拿起书本就头痛”的教室。

只身去河南一个锂矿厂拉矿石，上了两天班，双腿骨折，直到现在走路都有点跛。16岁的少年，外出闯荡的梦还没来得及展开，就折翅了。

姐姐在县城开了一家包子铺，生意不错，张浩祥帮了半年忙就学会了所有手艺。17岁那年，他成了包子铺员工、老板。

早上3点起床和面、拌馅、烧煤炉，中午12点前早餐结束。下午接着卖饺子、炒面，直到晚上10点关门。

“我每天只睡五个小时，一个人硬扛了两年，累得实在扛不住了。”张浩祥以几千元的价钱将配方连同铺名一起转让出去。还有一条口头承诺，他可以终生来这里免费吃包子。

接手的李小宇经过技术改良，一天能卖4000元，生意好到排队的顾客影响到交通。

卖掉包子铺的张浩祥，花3万元买了一辆出租车。当时这个行业刚刚兴起，一天能挣200元。开车是他最大的爱好，但变成职业就很枯燥了。两年后，他以3.8万元转卖了出租车。

2007年，张浩祥跟着朋友到青兰高速承包防护工程，一年时间里挣到20万元。这对他来说，是个天文数字，也完全打开了全新的发展领域。

有了原始积累，他给爱人在县城电信局开了一家手机批发店，生意超乎想象的好，不大的铺面一年就能挣30万元以上。直到2010年，600平方米的乡水肴开业。

“你说，开饭店前的我像不像一只‘掰苞谷的猴子’？两年换一份工作。”张浩祥说，其实每一次尝试都是对自己前进方向的校正，他甚至赶上了几个行业的最好时候。这可能与他闯荡的性格有关，也和妻子不计后果的全力支持有关。

2012年起，张浩祥在村上当了三年村委会副主任、三年监委会主任。脱贫攻坚、跑项目、办手续，村上的工作太多，工程上的事完全停滞，他光辞职报告就打了好几次。

直到那次竞选村委会主任，经过两轮投票，他以7票之差落选，下定决心离职。“说实话，当村干部就要全心全意为村民服务，我不想耽误村上的事，也不想耽误自己的事。”

良辰吉日

那天，村里有人结婚，是个好日子。李章连打电话给姚西位，只说了三个字：“你下来。”姚西位连件像样的衣服都没来得及换，不知所措、手忙脚乱地做了新郎。后来，李章连告诉姚西位，之所以选择这天让他“进门”，就是为了节省看“喜日子”的费用。

48岁的姚西位，属猪。2019年本命年，2020年却“流年不利”。

在村民眼中，他很“特别”，特别之处在于娶了本家的嫂子当妻子，这在农村是新闻。

2007年山西小煤窑的那团火，烧熔了姚西位的胸脯。十几年过去了，他的整个胸膛依然像砭石一样坑坑洼洼。

幸运的是，瓦斯爆炸的瞬间，他用安全帽遮住了脸，保全了大部分容颜，帽檐外的俩耳朵边沿还是被熔化了，那只扶安全帽的左手伤痕累累，大拇指定型成“Z”字，也像一只脱了毛的玩具小鸭。

“当时一团火、一股热浪打过来，和天塌了一样。”姚西位是自己坐罐笼出的矿井，地面上待了10多分钟却昏迷过去，在医院里躺了差三天四个月。

出院后，煤矿打发1万元，这事就了结。

贫穷加上伤残，年过36岁的姚西位眼看这辈子就要打光棍了。

他不甘心。

此后三年时间里，姚西位像苦练独门绝技的道人，对自己发狠。他把受伤的左手吊在树上，撕裂般地抻筋、练力。“不能干活，咱就废了。”姚西位说，就是打光棍，也要是一根能自己立起来的“棍”。

后来，听说陕北的煤矿上开拉煤车可以挣钱，姚西位“猫”在矿上一干就是五年，直到煤矿整顿时，才被撵回了家。看见村民养蚕能挣钱，姚西位也学着养了一张，挣得1000元。他第一次体会到除了和煤打交道，依然有生路。

姚西位养蚕和挖煤一样实诚，别人家的茧子和杏子般大小，他家的和核桃一样，养蚕一年收入过万元。

三年前，堂哥肝硬化去世，留下嫂子李章连和一个孩子。几个月后，大嫂李章连的两个妹妹上门做媒，撮合李章连和姚西位，45岁的姚西位终于有了摆脱单身汉的机会。

“我屋里苦焦得很。”李章连说。

“那不要紧。”姚西位答。

“我没得钱，也不会挣钱。”李章连又说。

“那不要紧。”姚西位回答不变。

“我的孩子还没成家。”李章连继续考验。

“那不要紧。”姚西位只字不改。

2017年，45岁的姚西位和51岁的李章连结为夫妻。是姚西位“入”的李章连家门，这样安排的唯一因素是，李章连家的土地离家更近一些。

到底哪天结的婚，姚西位想不起来了。他给村文书吴永久打电话询问。

“哎，你哥给娃娃结婚的日子是哪天？”

“是冬天，具体哪天说不准。”吴永久也忘记了。

还原姚西位结婚的情景，应该是这样的：那天，吴永久的侄子结婚，村里人都去帮忙，姚西位也在其中。早饭后，他接到李章连打来的电话，“你下来吧！”

“你下来吧！”不是空间的位移，而是两个中年男女的互相确认。更准确地说，是女方对男方的认可。

姚西位连件像样的衣服都没来得及换，不知所措、手忙脚乱地做了新郎。

后来，李章连告诉姚西位，之所以选择这天让他“进门”，就是为了节省看“喜日子”的费用。

婚后的日子是美满的。

第二年，两人花16万元对旧房进行翻修，二层小楼在半山腰拔地而起，外墙面贴着瓷砖。

2019年，两人种植24亩烤烟，烟叶卖了10万元。

然而，人生无常。

2020年农历五月二十二晚10点，跟姚西位并排坐在沙发上看电视的李章连，突然将头倒在姚西位的肩头，并慢慢向地上“出溜”——脑出血。

妻子住进重症监护室，连下几次病危通知书。待在医院不能进病房陪护，姚西位干脆回到家，伐了五棵红椿树，给妻子准备寿木。

因为同样的病，2020年上半年，村里已经有两人离世，姚西位不得不做最坏的打算。假如不幸真的发生，他希望妻子走得能风光些。当年结婚时他连件新衣服都没钱给她买，内心是有愧的。

“她头上打两个眼儿，喉咙打了一个眼儿，看见我说不出话，光流泪。”这是在重症监护室抢救了九天后，姚西位第一次看见妻子时的情景。与那个曾经为人利落、性格要强的女人判若两人。

家里20多亩烤烟成熟了。往年，两人一起打烟花、摘烟叶，李章连负责烤烟叶。这位心灵手巧的妇女，把火候掌握得十分恰当，成品率非常高。

现在，姚西位每天花240元请护工照看妻子，再花大价钱请人帮忙烤烟。痴心的他，回到家里好几天什么活都做不成，直到有天晚上他去医院探望妻子时，惊喜地发现，妻子的手可以动弹了，他这才恢复了劳动的能力和信心。

“以前屋里有人做饭，再忙再累，回到家有热饭吃，这下……唉！”姚西位嗟叹自己命薄，好日子只过了不到四年时间。

种烤烟太费人工，今后肯定弄不成了，姚西位正打算明年开始喂猪、种魔芋。“医生说，她以后可能动弹不了。那我就弄个车车照看她。”

姚西位给我讲述当光棍汉时的苦闷和憋屈，让人对这个在农村为数不少的群体产生了异样的怜惜。

离开他家时，姚西位突然从客厅的柜子抽屉里翻出一个红布包，里面装着他和李章连的两本结婚证，办证时间为，2017年11月22日。

“以后谁再问起，咱就说是这天结的婚。”姚西位喃喃。

第五章　上　访

大山是有起伏的，你呈现什么状态？风景做证！

“两袖清风”

“后来就说不成了。要说还有个丑事，我出嫁女儿，得了4万元彩礼，我抽出3万还了债。”刘先进摇摇手：“这个丑事，说不得，说不得。”在刘先进心里，是得了彩礼为丑事，还是用彩礼还债为丑事呢，不得而知。

刘先进只能算一名准上访户。他把写好的上访信交给了村党支部书记，没过一小时，又要回去了。

那天清晨，我在村里农家乐还没吃早饭，刘先进已挪动着伤残的左腿轻轻而来，本来约的是我到他家去。

渴望交流，却又低头不语，时不时用眼睛的余光瞟你一眼，马上又收回视线，盯着自己的脚面。

我被他别在腰间棕色的仿真皮腰包所吸引，随着那条结满了泥垢的拉链缓缓滑动，我们间的交流顺畅起来。

“你这腰包多少钱买的？”

“20个元。”

“除了装手机，里面还装着什么？”

刘先进用伤残的双手，掏出一个黑色的折叠式钱包，里面夹着多张百元大钞和不少毛毛钱。

或许，不经意间的“露富”给他长了精神，他那双小小的眼睛变得明亮起来，眼神也不再游离和飘忽。

如果不是2018年9月1日上午，他用那根潮湿的竹竿“捅破了天”，这位当过村团支部书记、党支部副书记，还当过40多年小组长的中年人，依然是丰收村九组21户里的“首富”。

“我们九组住在雷家沟，所有的土地都在山上，1976年起，我就是这个组的小组长。雷家沟管电的人叫刘有奎，我帮忙收这个组的电费，是他委托我收的。”

“那天，他看见电线掉落在树梢子上，害怕连电，就把电线给铰了。村民说没电了，就问我要电。”

“他忙，他说你去把电接上。我找了一个村民，两个人接的电。电线接好后，我用竹竿子合电闸，竿子是潮的……”

刘先进说，等他醒过来时，自己以为酒喝多了，困在地上。往天上一看，天是黄的。

“你看，右手腕上进的电，左手腕上出的电，手腕上烧出了板栗那么大个坑。”刘先进说，医生让植皮，专家会诊后认为，光植皮不能成活，需要连皮带肉一起植。

于是，从刘先进的左腿上挖掉一块碗口大小的皮肉，植在左手腕上，又从右腿上取一块碗口大小的皮，补在左腿上。左手腕上新植的皮肉像一条毛毛虫面包，鼓出一厘米高，突兀地长着。“等我儿子打工挣了钱，再整一次形，把多余的皮肉去掉。”

和美观相比较，刘先进更在意的是功能。左手完全失能，左腿也因电击瘸掉，家里的顶梁柱不到一秒钟变成弱劳者。

住院43天，花掉14万元。农村合疗、大病保险、小病保险，合起来报了6万多元。“咱不是贫困户，也不吃低保，能报这么多已经很不错了。”刘先进努努嘴，似乎还想说点什么，但什么也没说。

受伤后，刘先进被安排到村里移民安置小区物业办，任负责人。“我是一名党员，跑一跑，散散心，重活咱也干不了。”刘先进说，安置小区住的全是贫困户，眼下还没有开始收物业费，自己是义务劳动。

“我还是小组长，一个月能挣250元，比不上一个劳力一天的工资。我给镇上领导说，要不发个260元，要不发240元也行，别给个二百半，平时村民就叫小组长‘二百半’。”他自嘲地笑笑，目光再次落在鞋面上。

“你想过争取个赔偿吗？”

“有人煽火我去上访，我是党员，不能那样。但政府应该在精神上也安慰安慰我。我有时觉得农电能给点帮助也是合理的，但我没有找过，怪自己，不怪人家。”

“镇上的冷先华书记关心我，让我办个残疾证。我说我不是贫困户，办那个没用。后来真的办了，真的没用。”

刘先进穿着深绿色的T恤衫，领口下有三粒扣子，平时只能用受了伤但没有失能的右手扣解纽扣，第二、三粒纽孔处，积了厚厚的泥垢，甚至有些发亮。可以想象，这个曾经最简单的动作，现在要重复几十次才能成功。

对于过往，刘先进有着辉煌的记忆：“兴烤烟时，我是好劳力，村上只有8户人家愿意栽，咱是其中之一，党员嘛！最多时，我家栽了15亩烤烟，把日子过在了人前。”

“当时鼓励山上村民‘下河’（往山下的河边迁居），咱二话不说凑了两万个元，在河边盖起了一层平房。那时心劲大，做地基时把二层的也富余好。后来儿子在建筑工地当了大工，我们没有再请技术员，自己加盖了二层，上下共8间房子。”此时的刘先进像换了一个人似的自信。

2009年，烤烟兴旺，刘先进带着小组21户人，往山上修通村路，也是产业路。“两公里的路，村民只出工，施工材料我贷款买，当时认为政府可以补助一点儿。路修通了，补助七拐八拐拿不到手，眼看着1万元的贷款背利息背成了3万元。”

“为什么不和村民集点资？”

“我已经给说过了，还能让人家出了工再出钱吗？村干部说话要有‘下数’。”

“后来呢？”

“后来就说不成了。要说还有个丑事，我出嫁女儿，得了4万元彩礼，我抽出3万还了债。”刘先进摇摇手：“这个丑事，说不得，说不得。”

在刘先进心里，是得了彩礼为丑事，还是用彩礼还债为丑事呢，我不得而知。

从出事那天起，刘先进再没有上山干过农活。他和妻子的分工自然地做了调整，学会了用一只手切菜、洗碗。

“我家10亩板栗，一年能收入四五千块钱，不是产量不行，是我家人手少，赶我们上山去捡时，别人已捡走了不少。2亩核桃压的油自己吃，这也能省一笔开支。”对于家庭收支，他算得很细。

我很好奇，刘先进的上访信里会有什么样的诉求？但多次求证，他都拒绝承认自己有过信访的举动。

“你眼下最强烈的意愿是什么？”我旁敲侧击。

“我们组的通地路（产业路）还是个烂渣渣。”他的回答多少让人意外。

“你当过副书记多年，这个事都没干成？”话一出口，我有些自责，担心自己用本位主义的习惯思维会打击他。

“那年，我通过驻村帮扶单位争取到20万元的修路款，给别的组分了10万元，我们组留了10万元。唉！咱是副支书，是管党建工作的，为了避嫌，施工这些事就交给别的村干部干。要是我去指挥，不可能修成那个样子。”刘先进的目光再次望向鞋面。

“其实还有一个事跟咱没关系，但想起来就恼火。村上的小学撤并了，娃们要去5公里外的柴坪镇安坪小学念书。不少年轻人干脆带着一家人到县城租房伴读。男的在工地打工，女的做饭接送娃，闲得没事就打麻将，打着打着就被人拐跑了。光丰收村就跑了六七个，妻离子散呀！”

60多岁的刘先进一生两次走出秦岭。头回是被电击打后，他躺在救护车上，穿过漫长的秦岭隧道，进入关中。后一次，是驻村队组织党员去照金参观，他才真正见识了关中之美。

“我用手机录了很多视频，回家后给老婆看，把她看得很激动。我说你不是在西安还侍候了我43天吗？她说自己连医院的大门都没出。再说，那些天看见大街上的树叶都是灰灰的，哪有心思看别的。”刘先进知道妻子爱自己，心疼自己。他受伤至今，妻子一人包揽了山上的所有农活，连“豆大”的抱怨也没说过。

“我们刘家亲近的有八户人，没有一家吃贫困（当贫困户）。大哥很贫穷，我一边帮助，一边做工作，不让他吃低保，不让当贫困户。咱是村干部嘛……”

刘先进的祖上住在米粮镇，爷爷给地主家放牛时，把牛丢了，因赔偿不起牛，带着妻儿跑到丰收村最偏远的山坳里隐居，开枝散叶。与人为善，是这个外乡人、长工的后代处世之道。

“你有微信吗？”我问。

“有。我这手不得行，你自己扫。”

“我的微信名叫‘两袖清风’。”刘先进望着山顶如纱般的雾霭。半天的交谈中，这句话说得最铿锵有力。

母　子

车子在山崖翻滚时，杨清政从驾驶室甩出后落在一个土台上。他清晰地听见车子滚向崖底的撞击声。一睁眼，看见不远处有一个发光的东西，那是他手机的屏幕，习惯性地伸出右手去摸手机，够了好多次也没够着。左手捡起手机，打开手电筒功能，看见自己脚下软乎乎地掉着一只手，这才意识到，自己的右手掉了。

那年，丈夫深夜被人殴打致肺部受伤，一年后因肺癌去世。李书惠将丈夫的受伤和死亡联系在一起，像“秋菊”一样，为了讨个说法，多年到省城上访，也多次拦截过到丰收村调研的上级领导，成了县里挂上号的上访者。

和她聊上访，表情和言语都很轻松。如何跟截访者进行“猫鼠游戏”？哪里是上访人员的“民间指挥中心”？仿佛在学说别人家好玩的故事，顿时让人觉得，这个上访人员并不是人们印象中的那种蛮不讲理、胡搅蛮缠者。

村干部告诉我，这两年发展养殖业后，李书惠的心态和精神状态都有了巨大改变，这和她的儿子有关。

杨清政是李书惠的儿子，今年38岁。他是我接触过的年轻人中，命运多舛、坚强如铁的那个，没有之一。

16岁出门打零工。

17岁在铁矿上搬矿石。

18岁学开车。

2000年，拥有一手高超驾驶技能的杨清政在煤矿上开运煤车，一个月工资为800元，高收入。三年后，他不再满足于做一名好司机，希望拥有一辆属于自己的车。

2003年7月23日，这是一个青年圆梦的日子，也是梦碎的日子。当天，杨清政从山西一家4S店花22.4万元购买了一辆后八轮自卸车。下午5点付款，晚上9点所有手续办好后，他一刻也没有停留地开车往陕北的煤矿上赶。

不是杨清政不想歇一歇，买车的钱大多数是贷款而来的，用自己的车拉煤一天能挣2000元。加上当时驾驶员人人尽知的“潜规则”是，拉到中途，将车上的煤卖上一三轮车，就能得300元外快。据说，这种情况，老板看见也不会干涉，就是让司机有个激励机制，多跑几趟。

给别人开车时，21岁的小杨根本不知道疲劳，最多一天能跑9趟。有时发困了，排队过磅时，在驾驶室里眯上三五分钟。

想想一天能挣2000元的运输费，想想一趟还能有300元的外快，23岁的青年恨不得开着卡车飞起来。晚上10点左右，卡车真的飞起来了，飞向了山崖。

车子在山崖翻滚时，杨清政从驾驶室甩出后落在一个土台上，他清晰地听见车子滚向崖底的撞击声。

一睁眼，看见不远处有一个发光的东西，那是他手机的屏幕，习惯性地伸出右手去摸手机，够了好多次也没够着。左手捡起手机，打开手电筒功能，看见自己脚下软乎乎地掉着一只手，这才意识到，自己的右手掉了。

他拨打了报警电话，捡起右手捂在怀里，在山崖上等。

奇迹永远超越着我们的想象，至今小杨都没太明白，自己的右手是怎么掉的；更想不明白，右手完全掉了，为什么不是想象中的血流如注？而自己的残肢没有流失多少血。他说自己命大，也归结为因生性善良而受到上天的眷顾。

手术是在山西临汾市第一人民医院进行的，小杨记得自己在手术台上待了48个小时。

当推出手术室时，杨清政第一眼看到的是自己的二弟和已经谈了三年的女朋友。痴情的陕北女孩在病房里侍候了五天五夜，第六天的上午10点被赶来的母亲带走，离开病房时步步回首，成了小杨最珍贵的记忆。后来他知道，家里为女孩选择了一个家境不错的男孩，她为此离家出走了三年时间。这三年，是为和杨清政复合争取时间，还是为了这段清纯的爱情作“祭奠”？小杨不得而知，但至今满怀感激。

三个月的治疗花掉120万元，除去4S店的全款赔偿以及10万元的经济补偿外，小杨欠下医院70万元债务。

临汾市第一人民医院和西安市红会医院是医联体，这里有不少陕西来的医护人员，治疗期间杨清政得到了乡党们的特别关照，饭菜、生活用品都是他们提供的。

“这个账，以后还上就可以了。”欠着70万元的治疗费，医院同意他负债离开。小杨说，这的确成了他奋斗的动力。

回到丰收村养病，两个正在上学的弟弟一起辍学，由父亲带着外出打工。四年时间里，一家人给医院还了40万元的账。

为了固定手，他的手和胳膊间插了五根钢针。母亲养了18只羊，杨清政成了羊倌。有次放羊时，百无聊赖的他将其中一根钢针拔了出来，然后慌乱地想再次插回去，却怎么也插不回去了。

其余的四根母亲带着他到县医院去拔，听到需要1200元时，两人都犹豫了，因为来时只带了600元。母亲找到在医院上班的一个亲戚，托熟人只花了12元就全部取出。母亲给帮忙的医生床上放了200元表示感谢，高兴得一溜烟就跑了。回家的路上，娘俩像占了多大便宜似的有说有笑。

休养了两年时间，杨清政不想再成为一家人的累赘。他偷偷地从母亲卖羊所得的钱中拿走几百元，留下一张字条，开始了新的闯荡。

他找到了之前的工友，依然在煤矿上开车运煤。失去的右手虽然已接上，但因没有手腕，比左臂短了8厘米，并丧失手的功能。他学会了用小臂挂挡。母亲每次发来的信息几乎是重复的："开慢一点儿！""自己小心，你的身体不能和别人比。"

两年后，听说朋友的公司在国外有高铁建设项目，收入高，杨清政跟着出了国。三年时间，辗转尼泊尔、土耳其、巴基斯坦三个国家。

"那是我人生中最风光的一次。"杨清政说，飞机在西安咸阳机场一降落，自己感觉这片土地的空气都是甜的，因为自己的银行卡里有84万元的存款。

回到西安，杨清政找到一家银行，取了9万元，也买了礼物。他首先要找鞠艳红医生还钱。几年前，自己在临汾市第一人民医院看病时，鞠艳红是西安市红会医院派驻的医生，她替小杨为医院垫付了9万元治疗费，现在已退休在家。

“你找谁？”当杨清政多方打听，敲开鞠艳红的家门时，对方已认不出这个“债主”了。

“我来给您还钱的。”一句话，说得鞠医生泪流满面。“这么多年不联系，我还以为见不着你了。”两人母子般说了好长时间。

眼看就是年关，杨清政将银行卡里所剩的75万元在西安全部取出来，背着满满一双肩背包钱回到镇安。他要在新年前还清所有的债务。

“大年三十，两个弟弟燃放了不少花炮，用这种方式向全村宣告，我们家没有外债了。”杨清政说，看着一双肩包的钱“各归其主”，自己有种从来没有的轻松感。

除夕夜，母亲做了一大桌子菜，跟三个儿子频频举杯，一家人都为饭桌上摆放的那个空碗里夹了不少菜、碰了无数次杯。

在杨清政出国的前两年，父亲因肺癌去世，一年多的治疗花掉了近40万元。

无债一身轻的日子没过几天，新的病痛又找上了门。在巴基斯坦打工时，杨清政就时常感到腿疼，但没当回事。2017年春节后，痛得实在忍不住了，到西安、北京的医院一检查，确定是类风湿关节坏死引起的积水。

医院抽完积液后，疼痛缓解，杨清政又跑到工地上开车。再次发生积液时，他自己买来针头，在开车间隙，坐在驾驶室里“放水”。“有时能放两矿泉水瓶子，足有700毫升。”

再后来，膝盖开始化脓，只能实施右腿膝盖关节置换手术。2019年，左腿膝盖滑膜也发生炎症，不得不进行手术。两次大手术给他的双腿各留下一尺长的伤口，让这个苦难的家庭再次背负34万元外债。

有一天，省里派驻丰收村的第一书记陆德平来到杨清政家。因母亲李书惠的上访，这些年很少有村干部上杨清政的家门。

更让人不可思议的是，他家1600元的退耕还林款，因发放部门工作人员疏忽，打到了另外一个村同名同姓者的账户上。李书惠几次去索要，得到的回答是，只能向法院起诉才能要回。

陆德平听了这件事，非常生气，他在镇上开会时，要回了这笔钱，赢得杨清政一家人的信任。

给这个特殊家庭寻找一条致富的路，成了陆德平的心病。他们一起商量后，确定一个力所能及的产业——养鸡。

一只做过防疫的小鸡要18元，陆德平帮助申请了一笔贷款。2019年8月26日，杨清政从外地拉回1400只鸡苗，这个日子是母亲找人专门看过的。

几个月后，这批鸡卖了11万元，纯收入5万元。2020年，杨清政养了1万只鸡，全部出栏后能卖80万元，纯利润将在25万元左右。

往年，昔日一起开车的兄弟们经常三百、五百地通过微信给杨清政转生活费。疫情发生后，大家手头都不宽裕，偶尔有人发过来红包，小杨一律拒收。

2020年8月2日，有人给杨清政介绍了一个在医院当护士的姑娘，两人初次见面印象不错。

几天后，杨清政去了一次女方家，对方给他包了饺子吃，这让小杨兴奋不已。在当地习俗中，恋爱期间，招待对方吃饺子，表示同意这门亲事。离开女方家时，小杨放了200元红包。

“我们屋里，只有我有社保卡，其余的人为什么没有？”

“我的医保卡上，出生年月是5月13日，错写成9月

13日，这影响不？”

临别，李书惠向我询问了两件事。自从家里开始养鸡后，她就再也没去上访。

“懒人”

路边站了一个年龄大一点儿的干部，看上去老老的，有50多岁，长得魁梧，他从身上摸出个钱包包，抽出一张一百元的钱给朱立道。朱立道说：“我不要你的钱，你这个钱是辛苦工作得来的工资钱，我是国家的公民，今天的慰问品是国家发的，我问国家要。”

丰收村有一棵茂盛的桂花树，有人愿意出价10万元购买，主人不为钱所动，成为村民的美谈。

一天早饭后，我走进了路边那个三面围成墙的院落，去欣赏桂花树。一位身体健硕的老人坐在门口的小竹椅上，他用极其标准的普通话向我指了去桂花树的路线。

返回时，老人真诚地邀我在他家里坐坐。两间土坯房子黑黢黢的，土灶上安放着一口直径超过两尺的大铁锅，灶台的外沿上有一层厚厚的“包浆”。屋里实在太昏暗，我们搬了竹椅子，在门口的台阶上聊了起来。

老人十分健谈，语音标准，有种专业主持人的韵味。他能从一件事跑题到另外一件相关或不相关的事上，“跑”得太远时，又会自觉地纠正回来。我们的交流是从互相夸奖开始的。

“你这人一看就是个熟人！”他说。

“什么样的人为熟人？”我问。

“很温和、很亲热是熟人，不温和、不亲热是生人！”他答。

接受了他的抬举，我也奉承老人几句：“您年轻的时候一定很帅吧？”

帅？不帅！

帅，现在依然是个帅老头。您儿子应该长得也标致？

儿子？没念下书嘛！出门打工出力的，帅不帅有什么用？长得倒和我一样，五粗大汉！你是干哪门职业？

我是记者。

是省里的记者？

对。

你要是记者，我就给你说细发些。

从哪儿说起呢？就从我的这条残腿说起吧！那年东坪湾修路，我骑着自行车早出晚归地揽工，一条野狗把我撵得滚到沟底，一下子把右腿绊残了。

要去看病时，下头的包工头和上头的工头要医药费。上头的工头说，我连这个人都知不道，你们自己招的人，自己负责。下头的工头没得钱，弄得不得下场，只能自己掏钱治病。小伙子动了手术，四年才能取钢板，而我绊腿那年已65岁了。

69岁去取钢板时，医生说，年龄太大了，风险我们担当不了。我一想，也是的，都这把年纪了，有块钢板在身上，身体还能硬朗些。腿残疾了，嘴还没残疾，饭还要吃的，咱就踅摸起了低保的事。为了这事，我就一级一级地申诉。求村上不行，到镇上人家说，低保也好，贫困也罢，都要你村组往上报，镇上负责审核。镇上咋个说，咱就咋个办。

我到镇安县反映，知不道信访局在哪哈。沿路走，沿路问，咱乡巴佬，啥也不懂。总算找到信访局，七七八八一说，人家答复，你这问题得找民政局。到民政局，我把情况一说，他们拿起电话就给镇上打。这样，我就成了低保户。

当了几年低保户，就有了贫困户的政策。有年腊月二十几呀，上面来了好多干部在村里搬迁点给贫困户发慰问品。这中间，我也上去了。一看，在村支书的屋里，四席一拉，正在款待那些干部，屋子外面也站了一些干部。屎，我也老了，管屎你老虎还是老鼠呢？端直就闯进去了。席头上的所有人，也不吃了，也不喝了，都拿眼睛瞅我呢。我对村支书说，我今来想问你个话儿。支书跟身就出门了，说你去找其他村干部。我一找，人家说你不是贫困户，这慰问品没得你的。我心里这样想的，这没得行数有礼数呢！这些领慰问品的都比我光景好，为啥人家有，咱没有呢？一桶子油、一袋子米、一袋子面，还有一块子被面。咱这时人也小了，眼睛也小了，见了人家那一点点东西，就觉得值钱得很。

没得？我又第二次闯进支书的屋子，所有的人又不吃了、不喝了、不说了。我对支书说，人家说没得我的。支书生气地说，没得你的就没得你的嘛。走出支书屋，我越想越生气，就把自己气哭了。路边站了一个年龄大一点儿的干部，看上去老老的，有50多岁，长得魁梧。他从身上摸出个钱包包，抽出一张一百元的钱给我。我说老领导，我不要你的钱，你这个钱是辛苦工作得来的工资钱，我说我是国家的公民，今天的慰问品是国家发的，我问国家要。他硬递给我，我不要。我说道理在这儿，如果我正在讨饭，不管军民工商学人等，谁给我都要。我这个时候不是来讨饭，尽管解放前咱也讨过饭。我说这是国家政策、国家福利，我有资格享受。这时，有个村干部把我叫进另外一个屋子，我说我老子死了也没流过泪，老子老了总是要死的嘛，我都快80岁的人了，放开让我领这样的慰问品也不知道能领几回。到了腊月二十七，村上把我叫去，也按那天的东西，给补发了一份。

有了这次教训，我就重视起贫困户这个事。和村上要，村上说咱不够格，就到镇上去要。一进大门，看到门上挂个党政办公室的牌子，我就进去了。屋里也没有床铺，都是些桌子、凳子，桌子上有个公用电话机，有个小伙子很和气，是个年轻娃，叫我坐、坐，给我倒水喝哩。他问啥事，我就啥啥一说。正说着，我们组上的一个侄女婿进门了，他是镇上的干部。说，喔，爸来了哈，给爸倒水喝，我正在开会呢，顾不上陪爸。人家打了个到出去开会呢，那个小伙子起身拿起电话机给我们村上打电话，我听见电话那头的声音，说村里正在开会研究朱立道当贫困户的事。镇上不打电话，你一辈子也不研究；一打电话，正在研究。

就这样，我成了贫困户。不承想，当了贫困户，麻烦事也来了。村里让贫困户到村里的搬迁点集中去住，我两个儿子在西安打工，没文化，给人家出力的，工资也低，咱心里也明白。你没文化的人能和人家有文化的人一样挣钱吗？你先人就没给你摊下本钱嘛!我怎么知道他们的工资低呢？有一次，政府给红瓦，让自己翻盖屋顶。别人家都给了，我家没得。我找村干部说，我那屋顶，省道上也能看到，地方路上也能看到，坡上的人家都有哩，就我家没有。村干部说，你现在老了，管不了事，让你娃来联系领瓦。这话说得倒也实在，我大儿子打了个电话，就领来了瓦。娃们让我在当地请工上瓦，那会儿请工管吃管住一天80元，请来的工做了两天，一看我这怂式子不对，担心要不下工钱，不做了。开了工人后，两个娃在电话里和我说，他们走了也好，我们在外面不管吃住一天才能挣70元，他们一天挣80还胡拧次（方言，意即折腾。），我才晓得他俩工资低。弟兄俩回来后，一个工都没请，自己把瓦给铺上了。

评贫困户时，两个儿子没结婚，户主是我。分安置房哩，村上把我叫上去，有个镇干部在会议室里等我，咱也认屎不得，说是镇上的副镇长。他说，给你分80平方米的房子，要交两万块，你家四口人，每人出五千块。我说我没得钱，你要是白给，我就要，不给就算了。他说，那不行，贫困户都得有。省联社在咱们村蹲点帮扶，在村里贴了两张政策问答，之前我没事干，在那一看，那问答项目多得很，我就看和咱有关的项目。政策上说，有的地方80平方米不要钱，有的地方60平方米不要钱。我说镇长，这个政策我稍微知道一些，一部分面积是国家白给的，超过这个面积分三个等等（等次），贫困户、低保户要便宜些，棚户改造要贵一些，除了这些就成了商品房哩，自由买卖。他也没说我说得不对，说他这里也有政策，一律按照标准收费，还要自己装修。这次就没有谈拢。我这人也直，我说有钱人过你的荣华富贵，我贫穷人过我的苦难日子。镇长听了不太爽，问，啥叫有钱人？我说能买起房的肯定是有钱人。我也怼了他一句。我说人活着有分别，死了都是一把泥土。我就明着和他胡说呢，屋里有些人听了在哧哧地笑。

跟我没说拢，第二次不叫我了，就通知我屋里的女人（妻子）去了。我屋里的女人一去，干部们一商量，把户主换到我娃头上，这样人家就不用招识我了。后来，我再找各级干部说房子的事，人家就不理识咱，咱就成“植物人”，哈哈哈。安置点有了楼房，山上的老房子要拆，大儿子说，你把钱退给我，利息我也不要，我把楼房退了。得到的答复是，楼房不能退，老房子不能留。分楼房时，没成家的大儿子单独立了户，楼房分在大儿子名下。拆房时，小儿子也到派出所去单独立户。办事的人说，单身不能单独立户，要立户要有媳妇抱娃才行。小儿子说，我哥是光棍，我也是，我不可能在我哥家过一辈子。最后村上开了证明，小儿子单独立了户。谁都心里清楚，立这个户，就是为了把老房子保住一半。村干部用皮尺一量，把老房子二一添作五，给两个儿子一分，最后商量把正房留下来，偏房全拆了。村干部说，这样一处理，他们就不怕别人告状了。当官的也难，这点咱还是要理解的。

都说家丑不可外扬，我看你这小伙面善，啥都可以给你学说。我老两口子为啥一个住在山上，一个住在沟底？年轻时，娃小，女人得靠我养活一大家家人，我本手立庄、本手盖房。村里谁不知道我家穷？兄弟们分家时，一人分得五升粮食，就开始单过了。我的女人是啥情况呢？“文革”时，她母亲死了，她出嫁一年后，男人也死了。我打听到这个情况后，说我办（娶）。去说媒时，女人愿意，她有一个在外面工作的小哥不愿意这门亲事。我和女人一商量，先把结婚证扯了再说。那天去乡上扯结婚证，我买了一包金丝猴烟，带把子的那种，端直去找乡上的书记。书记给我女人说，听说你21岁了，朱立道今年27岁了，还挺合适。我听了没吭声，乡上文书就按这个年龄给办了结婚证，实际上那时我已经33岁了。

证一扯，我女人就搬到我那寒屋里来过上了日子。没过多长时间，她那小哥带着乡上一名干部到了我家。我嫂子炒了点菜，买了一瓶酒，几个人一吃一喝。乡上来的干部把我叫到一边说，她哥这次来的主要目的是为妹子退婚。我问为什么，她说人家嫌你不说实话，压了自己的岁数。我说，年龄的事是乡上书记顺嘴说的，不信咱们去当面对证。粘了好长时间，她小哥看我这人也还行，就没退婚。等娃们大了，我女人开始扯这筋了，说我当初就是一个骗子，连年龄也是假的。娃是人家生下的，都听娘的话，一家人就把我给孤立了。

那年组上修路，通组路分主路和入户路。啥叫主路？谁是组长，到谁家的路就叫主路，所有社员还要一起摊工。我的女人一门心思要把路修在我家的门上，组上修主路，不过我家门口，还要占我家的土地。那天挖沟机来挖路，弄到半道叫我给挡住了，那挖机拧尻子就开走了。组长晚上让我女人送4000元到村部，说是修路的费用。我女人没得个名堂，第二天从我女儿那里借了4000元交给村部。我就恼火得不行，国家政策是家家门上通路，我家还没通就让私人掏钱。他们把我叫到村部，让我看当时交钱时签的协议书，我说这是什么协议，这是命令逼迫书。我一生气，把我女人的手指头打破了。

打了女人，一个屋算是过不下去了，我侄子就让我住在他沟底的屋子里。这也好，眼不见心不烦。哈，过了三天三夜，黑里我正在睡觉，我女人带着村干部和派出所的人来敲门。我问谁呀？村干部是人精，人家很仁义地应了一声小名。我把门打开，咱屋穷得这样子，叫人坐也没地儿。我把协议书拿出来，让派出所的人看，我说这是协议吗？这叫命令逼迫书。我说黑笔头子戳人，神鬼都不服。我心里知道协议书是这个村干部手写的，故意在那指桑骂槐呢。派出所的人没说啥，跟身村干部就打圆场，说那协议是他写的，我就假装地给人家道了个歉。我给派出所的同志说，我家现在这个情况，就像清朝末年，慈禧太后执政，任由“八国联军”胡来。我这一说，扑哧，大家都笑了。本来派出所的人来是因为打女人的事要问话，看我这个穷式子，教育了几句就走了。

回到住处，跟农家乐的老板说起这位老人，他们一致的评价是懒汉。懒到什么程度？自己在家“拽着”（舒服地待着），老婆在外打工，他烧的开水都不舍得给老伴喝一口。不光是懒，还喜欢和老伴斗气、动手，子女们看不过眼，对他进行还击，并集体决定把他撵出家门。

人啊，有各类各样的人；穷啊，有各类各样的穷法；懒，便是其中连妻子、儿女都讨厌的一种。

第六章　青　年

大山是有边际的，你走出了多远？脚步做证！

梦

离开空军招飞局的大楼，姚健像失了魂似的，稀里糊涂地来到北京西站，他舍不得住昂贵的旅社，只能在广场上整整坐了一夜，等待第二天下午返回西安的火车。首都的夜晚留给他的印象是，人很多，蚊子也很多，但就是不咬自己。“大概是北京的蚊子看不上咱这山里娃的皮肉吧。”

采访姚健那天，碰巧是他25岁生日。

头天姚健刚参加了陕西招录选调生的面试，感觉自己因为紧张没有发挥好，心情有些沮丧。不过也有好消息，参加贵州的选调生考试刚出笔试成绩，他以高分进入了面试环节。

姚健是西北农林科技大学的研三学生，确定就业岗位是他近期最重要的事情。这位丰收村建村以来第一个985大学的研究生，想要找到一份称心的工作并不是那么容易。

当年，如果没有高考时的那场“意外”，他现在应该是某部一名战斗机飞行员。

“我原本的高考目标不是上普通大学。”姚健说。

“西农是985大学，不是普通大学。”我有点惊讶。

“哦，我的意思是只想上空军航空大学，当一名飞行员。”说这话时，他的眼神里依然闪烁着一丝丝惋惜。

2014年7月25日中午12时，高考成绩出来后，姚健接到学校打来的电话，中国空军招飞局让他第二天赶到北京，做“定选”体检。

在这之前，姚健从全校报名的200多学生中脱颖而出，同20人到西安参加体检，这次体检后，8人被确定进入下一轮选拔，姚健在列；当他和另外7名同学参加兰州的筛选后，只剩下他一个人进入北京的定选。

这就意味着，只要姚健高考成绩进入一本线，就铁定成为一名空军飞行学员。

走进中国空军招飞局的大楼，姚健才知道，两天的封闭体检时间里，不让带手机、不让打电话，而这个时间段和提前批次报考志愿的时间完全重合。

他急匆匆地给自己最要好的同学打了一个电话，告诉对方帮助自己填报志愿，将空军航空大学填为提前批次。因为父母不会上网，姚健用的又不是智能手机，所以只能求助同学了。

姚健顺利完成了两天的身体和心理测试，兴冲冲地打开电脑，顿时傻眼了：根本没有人给他填报志愿，而提前批次的志愿填报时间已结束。

他清楚地记得，在高考成绩出来后，学校一位副校长信誓旦旦地说，会专门安排一名老师帮助他报志愿。后来姚健知道，那两天包括这名副校长在内的许多人都在一场一场地喝庆功酒，他的事早就被忘记了。而自己那名要好同学为什么没有帮他填报呢？他至今不得而知，因为知道也没有任何意义了。

离开空军招飞局的大楼，姚健像失了魂似的，稀里糊涂地来到北京西站，他舍不得住昂贵的旅社，只能在广场上整整坐了一夜，等待第二天下午返回西安的火车。

首都的夜晚留给他的印象是，人很多，蚊子也很多，但就是不咬姚健。“大概是北京的蚊子看不上咱这山里娃的皮肉吧。”一句玩笑中透露出少年内心的多少自卑。

是的，从记事以来，自卑与这位少年如影随形。不独姚健，山里娃一旦进入城市、踏入社会，刚开始都多多少少有一些自卑。

姚健的父母20岁时就生了姚健的大哥，但当孩子生病时却借不来几百元的医疗费，他的父母眼睁睁地看着儿子夭折在自己怀里。这样的事，对一对年少无知、家贫如洗的年轻父母来说，在自信心上是莫大的打击。姚健的印象中，父亲极其聪明，但言语很少，受气成了他童年的深刻记忆。

有了大儿子夭折的惨痛教训，姚健的父母用多生两个孩子的方式保全这个家庭。姚健和弟弟的相继出生，这个家庭便成了超生户。为了躲避计划生育，姚健很小就被送到外婆家寄养，体弱多病的他一发烧便是40℃。

家庭贫穷，家族不和，村里同龄的孩子常以欺负他来取乐。“尽管我是985大学的研究生，现在回到村里，依然不敢与当年欺负自己的人对视。”姚健说。

自从上了初中，学习成绩一路开挂，高二时保持在年级前20名。那年，两名学长被空军航空大学录取，让姚健十分羡慕，也点燃了他当一名飞行员的梦想。

为了能过体能关，之前跑300米都能晕倒的姚健，开始在操场上一圈、两圈跑步锻炼，后来一口气能跑30圈。那一年，他没吃过早饭，为的就是给体能训练省时间。

招飞失败让姚健最没法面对的是父母。体检、政审过程中，这件事在全村人所尽知，父母好不容易培养起来的一点儿自信心再次被打压。从北京回到村里，他在床上躺了一周时间。

姚健接到西北农林科技大学的录取通知书时，并不知道这是一所985大学，他只知道自己不用复读一年了。

进入大学后，深奥的社会学专业并不为自己喜爱，他把大量的时间用在阅读文学作品上，慢慢地，诗歌在心中萌动。他的《樱花姑娘》最后两句是这样写的：

……

我在梦里等那个姑娘带我走
可她却不曾入睡

后来，姚健有了自己的“樱花姑娘”。那是一位漂亮的西府姑娘，正在为读博士而努力着。他们有着人生完美的计划，姚健先就业，姑娘博士毕业后会随着他的工作去向而择业。

几年前，姚健创作的短篇小说《投票》，获得了第三届相约北京全国文学艺术大赛一等奖，组织单位邀请他去北京领奖，但因为没有凑齐差旅费用，他放弃了在钓鱼台国宾馆领奖的机会。

后来，姚健听说这个作品被收录进正式出版物，无数次地查找均无音信，这成为他生活中的一大憾事。

采访结束时，姚健发来了《投票》的文稿，我将原稿照录如下，在书中，以弥补一位文学爱好者的缺憾。

“你们都静静，听我说几句。”林聿冲进宿舍，毫无保留地暴露他内心的兴奋。

可是没人在意他：三个人在打游戏，眼睛使劲盯着电脑屏幕,嘴里大声叫嚷；一个人躺在床上听歌，微闭双眼，有节奏地摇晃脑袋，显然一副沉醉的样子；还有一个呢？林聿到处搜寻，发现他居然在阳台打电话！

林聿有点悲伤，在心里痛恨他们，觉得他们只是一群不懂得欣赏文学的傻子。他们多么无知！如此伟大的人站在他们面前却无动于衷！这样的想法甚至快要使他落泪。

“嘿！伙计们，我请你们吃饭怎么样？”

所有人几乎是在同一时刻转向他，放下了手中的事，满眼期待的神情，仿佛是见到了神一般的虔诚。

“嗯，是的。我将请你们去吃顿好的！”林聿向下拉了拉有点小的泛白的夹克，在另一人的眼神示意下发现自己头上的雪，他迅速抖掉，两眼放光，尽力表现出文人该有的气质来。但又马上脸红了，因为在他看来，文人是不该在外人面前有不正式的仪表的。“我请求你们用微信帮我投票，当然，我知道你们是用微信的，毕竟用微信投票是很方便的……”他本人用的是老式的按键手机，自然没机会接触微信，不过他听说QQ和微信差不多，也就安慰自己不用微信没什么。

“你们帮我投票，最好可以拉票，票数越多越好，说不定我可以得到一等奖呢！3000元奖金，足够请你们吃饭。”接下来他讲了拉票的缘由。

“我打算去吃饭，可到了食堂才发现没带钱，于是我就在路边蹲着歇会儿。天上一直下着大雪，你们也知道，蹲久了脚会麻，我想去不远处橱窗下的凳子坐会儿。真巧！猜我在那儿看到了什么？没错，是一张征集情诗的海报，当然我兴奋极了，激动地快要跳起来。以前我追求一个漂亮的姑娘时不知道写给她多少情诗呢！现在我可以信手拈来，关键是看到一等奖有3000元呢！3000元，我就可以请你们吃饭，而且可以买一部新手机，像你们一样聊微信。那该是多么惬意的一件事啊！

“我辗转回到之前蹲的地方，苦思冥想，一首一首筛选，你们知道我是个谨慎的人，那些普通用于追女孩的诗是不能进入真正的文学殿堂的。我写过太多的诗啦！想起来真费劲。我就这样蹲在路边，一边欣赏漫天雪花，一边琢磨挑选合适的诗。那些无知的路人经过我，用鄙夷的眼神看我，有的还小声议论，我当然不会去与他们理论，他们哪里知道我正在思考有关文学的高尚的事呢！

“就这样，花费我宝贵的三个小时，从下午直至夜幕降临，我终于选了一首最美的诗，读罢感动地哭了。按照上面留下的电话，我一字一字打出来，段落布置精美，发过去的那一瞬间，仿佛灵魂得到了升华……”

林聿长舒一口气，又接着说道：“怎么样，你们是不是很佩服我？那则启事说要在微信上投票来决定名次，我想我的诗那么优美，肯定会有很多人为我投票的。不过为了保险起见，为了得到一等奖，还是多拉些人投票更好。”他清清喉咙，立直消瘦的身子，说：“那就拜托诸位了，我一定会请大家吃饭的！”话毕，大家一致点点头，然后又干着各自的事情。

又是一片喧嚣，林聿很无奈，在心底大声痛骂他们，脸上却是真挚的笑容。

他到隔壁宿舍也是同样的说辞，继而满心欢喜地睡下。

想到曼妙的诗文，想到会有很多人为他投票，他的脑海里早就有了领奖的画面，说不定还会在全校火一把。

按捺不住内心的激动，他把整件事告诉父母，并说为家里买些东西：“过年我就回去，也就是不久之后的事，顺便买些年货，你们等我的好消息吧！”白发苍苍的父母兴奋不已，得知儿子的诗会得大奖，不消几天便让全村人都知道这个消息。全村人沸腾起来，不是因为林聿写诗会得奖，而是他的父母扬言请全村人吃饭。可是大家真是为了那顿饭吗？全村人谁不知道他家穷得叮当响，无非想看看这家闹出点什么笑话而已。

等待的日子是一种煎熬，林聿整天留心有关大赛的信息，哪怕一点风儿吹草动都足以牵动他的神经，为此他还在夜半梦中大哭过，惹得同舍的人不知所措。

颁奖的日期被迫推迟一周，理由是参赛人数过多，需要更多的时间评选。林聿安慰自己："不就是多了几个凑热闹的嘛！再等几天就好。"可舍友不这么想，要他马上请客吃饭。一狠心，他找人借了2000元，请大家在外醉了一夜。

一个寒冷的早晨，刺骨的风在校园里疾驰，像一个小孩子，忽而捏捏路人的鼻子，忽而又摸摸脸蛋。林聿行色匆匆，为了抵抗寒冷，他尽量佝偻上身。早起带来的极度的困倦使得他不得不边走边打哈欠，他把嘴张得极大，下颌骨吱吱作响以示抗议。寒冷并不能熄灭心中的火焰，到目前为止，他都是怀着希望的。

在一个电子屏幕上，依次呈现获奖人的名字。林聿死死盯着，目光炯炯有神，嘴角略带笑容。他正等着看见自己的名字，等待他人问道："这个林聿是谁啊？这么厉害！"一分钟后，他的脸上失去了这种神情，甚至什么表情也没有，他只是双腿一软，重重地坐到了地上。

不一会儿，他听到了这样的疑问；"这个林聿是谁啊？这么厉害，可惜……"他倏地站起来，在屏幕上终于看到自己的诗，但前面有一句话：

经由此次大赛评委商定，林聿同学的诗是本次大赛中最优美的，却意外地没有一人投票，甚为可惜。故将此诗放在最后供大家欣赏，并颁发鼓励奖，无奖金。

林聿把自己的诗读了一遍，叹一口气："现在世道变了，文学比赛竟然要靠微信投票来决定好坏！"

他无奈地摇摇头，转身走开了。

他将身子挺得笔直，任凭寒风肆虐。

因为超龄的原因，成为一名军人将是姚健这一生再没法实现的梦想，但成为一名公务员的梦想并不遥远。

"我从农村来，要当公务员就到最基层去。"姚健说。

其实和姚健见面前，还有一个不小的插曲。

2020年8月初，我已去过了丰收村姚健的家，那次是采访脱贫攻坚。那天，他家新修的三层楼房刚刚上完瓦，姚健的父母攀在屋顶小心地擦拭青瓦上的浮尘，本来一场细雨顺带就能完成的事，他们却等不及，想尽早向村民展示新屋的"尊容"，便冒着险贸然行动。

等他们干完活，回到院落里，我期待的精彩访谈却被姚健正在家休暑假的大学生弟弟姚康给搅了。

“我家一次次地配合你们演戏还不够吗？你们为什么还要一而再、再而三地来打扰我们？”“你们说那些废话、淡话谁不知道，在这里装啥装？”这些话出自一名“00后”大学生的口。

话虽伤人，倒还能忍，最让人忍受不了的是，他侧着身、抬头仰视天空时流露出的那副鄙视人间的眼神。我合上了采访本，和这位“牛人”舌战了起来。几个回合下来，姚健的母亲忍受不了这种战场气氛，跑到厨房做起了酸菜面。

热面端上桌后，我毫不客气地吸溜了一大碗，姚康站在一边“惊呆了”。等我盛第二碗时，他给我端来了醋、拿来了蒜，腼腆地在我身边坐下来。

“叔叔，您居然能吃得下我家的粗茶淡饭！您是唯一的一个！其他人来我家，拍个照就走人，不超过十分钟。您真的和他们不一样！”

叔叔？您？饭前我还是只会说废话、淡话的人，两碗面过后，怎么就成了他眼中的叔叔、口中的您了？

姚康告诉我，自从我迈入小院，他就一直站在里屋的窗前一直在观察我的言行和举止，原本是不打算出来见我的，在我端起他家生了锈的搪瓷碗喝水后，他改变了主意。于是，走出了里屋，用“刺头”的方式出场，进一步检验我的“成色”，求证他的判断。

“叔叔，我当时想，如果您听到我说的那些难听话，您可能会夹着包走人，也可能会假惺惺地坐上一会儿，然后走人，两种结果，我都会很失望。当您认真地听着我的胡言乱语，并愤慨地反驳着，我的内心特别开心，真的很开心。您没听出吗？到后面，我用词依然刁毒，语气却缓和不少。”

这是一个让人敬重的家庭，两个男孩一个在二本院校就读，一个在985大学读研。供养两个大学生，让这个家庭暂时陷入困境。

倾听！倾诉！

那次让我真切感受到耳朵、嘴巴的重要性。一次认真的倾听和驳斥就能换来一顿味道不错的午餐，还有饭食背后的那一份尊重、那一份认同。

我在反思，是不是这些年，各级干部太过注重对群众，特别是贫困群众的物质帮扶与给予，而缺少谈心、交心，反倒让人们感到这些给予成了一种重负。

接下来的采访印证了我的猜测，大多数受访者强烈渴望物质与情感上的分享，当你顺手拿起一块粘着鸡粪的石头，嗵的一声砸碎几颗他们捡拾而来、晾在地上的山核桃，连着略带涩感的核桃内皮吃下去，就能省去啰啰唆唆的一长串自我介绍，交流就会异常顺畅、亲近。

能不能选择一个村，长时间、静静地倾听一个个村民的讲述，分享他们内心世界自认为最精彩的故事？对，还有一点很重要，不是“拔尖”采，而是“齐茬”过！

这个想法在我心中涌动，逐渐澎湃起来。尽管当时并不知道采写的主题是什么，或者整个过程都不会预设什么样的主题。

正是因为和这位直率大男孩的“交锋”，最终成为我写作这本书稿的起因。

活成自己

在日本，魏超吃过一粒十几元人民币的葡萄，一颗300多元的苹果。好奇害死猫。在他的味觉记忆里，这样的苹果远远没有洛川苹果好吃，但在他的营销记忆里，那种平凡中求极致的理念，一生难忘。

在一株枝繁叶茂的核桃树下，33岁的魏超泡着工夫茶，不停地刷着网。树上的蝉拼命嘶鸣，有些吵，地上卧着一截树桩做成的“老虎”，造型有些滑稽，一段打了三个圈的藤条插在屁股上，就算是虎的尾巴。

茶台上虫洞点点，原始而破旧：“我们现在好多客人来办理入住都愿意在核桃树下，来这里住的都比较喜欢亲近大自然。”魏超是童话磨石沟民俗运营负责人，西安市雁塔区人。

从哪里来？几口人？孩子多大？在这里办理入住，除了基本的身份信息外，工作人员还会和客人交流很多。为的是给每一位房客提供个性服务。魏超说，来这里住宿的好多是“专业客人”，就是常年在世界各地、不同酒店体验的背包客，和他们交流，有时会收获意想不到的好建议。

从4月份入驻项目后，魏超有四个月时间没有回过100多公里外的家。“我每天做方案，如果不掌握实情，这个项目是会死掉的。一定要沉下来、静下来，否则的话，你写的这些方案是不成立的，是误导信息。”

啪！一个核桃掉在地上，青皮碎掉，核里因生虫子而呈现黑色。

大学专科毕业后，做了五年房地产策划。2016年初，魏超辞职，开启全球旅游模式。一整年里，美国、日本，广东、云南、四川、西藏，“我也不知道去干什么，从小长在西安，朋友也在西安，反正已经29岁了，再让自己年轻一把、青春一把。”

这种旅行漫无目的，不是为拜佛烧香，也不是为网红地打卡。他常常在河边走到累，在静谧的树林里感受自己的短暂消失。

说是没目的，其实魏超内心还是想学点什么，比如日本的服务业到底有多周到？美国到底有多发达？这一年里，魏超订过七八张4元钱的国际航线，几十元、一两千元一晚的酒店都住过。有一次去日本旅行，从出家门到回家门，连带给朋友们买礼物，只花了4000元。

出去玩也大有学问，是一件很费神的事。要想不费神，那就得大把掏钱，可以拉上皮箱说走就走。“回头看，旅行对后面的工作帮助很大。坐在办公室，各种干扰没法让自己沉下来，也没有大把时间想自己感兴趣的事。走出去的感受和纪录片中区别很大，有时完全不同。”魏超说，自己其实是一个喜欢闹的人。

体验过顶级服务，你就能感觉到自己搞服务的不足。在日本，农村旅游特别火，中部的白川乡有最传统的茅草房，把传统做到极致，吸引全世界的人来，特别是每年七八月份的翻新茅草都能做成营销活动。这里从东京出发，要三个多小时才能到达，交通挺不方便，但没关系，挡不住人们春赏樱花、夏观烟火、秋晒红日、冬赏雪花的欲望。

一年的放松后，为了生存，魏超不得不再次投身生意场上。2017年4月，14个合伙人投资1.3亿元接了湖北十堰市的一条古街开发项目，相当于14家小公司自带资源在平台上共事。

与古街项目同时运营的还有童话磨石沟的民俗项目，之前已在丰收村的沟底实施了开心农场的建设，后来秦岭违建整治开始，民俗项目暂时搁置，这一放就是三年时间。等所有手续完善后，已经是新冠疫情一段时期了。

三根直径2米的水泥管呈品字形叠放，装上门、通上电、安装好空调，就组成了一组露营地。这是为了满足驴友住宿的，它们有个好听的名字叫“趣集”。

“趣集”的房间里配备一面软、一面硬的床垫，USB接口，24小时公共浴室。这样的“住房”并不便宜，一晚上要在400元左右。驴友们要的是，晚上在水泥管外的平地上，一起无拘无束地聊不着边际的话题，甚至放场电影，举办篝火晚会，还有互讲故事等。

眼下人们普遍生活压力过大，这里就是为了创造一个供人放松的空间，让生意场、官场甚至生活场中的各种束缚、压力和桎梏统统放下，让入住的人活出本色的自己。客人需要就餐时，还要送餐到房间，有些客人会坐在室外席地共餐。

在童话磨石沟欢乐谷里，几十个铁罐错落排开，按春夏秋冬不同季节涂上色调各异的迷彩，其最大特色就是房顶是透明的，可以躺在床上看星星，每间房子冠以玫瑰、芍药、牡丹等不同植物的名称。就这么一个创意，一晚过千元的房价，开业以来一房难求。当然，这里也有过万元的“总统套”——更多的是为了显示这里的档次，少有人住。

起初筹划童话磨石沟欢乐谷时，有人担心，冬天这里下大雪，没有客人愿意来。魏超说，很少有人看到这里的四季美，只会从天热、下雪这些不便性上考虑问题，而实际情况是，只有下了雪才能赏雪。好多事是拘在操盘者的认知里。

在日本旅游时，魏超吃过一粒十几元人民币的葡萄，一颗300多元的苹果。好奇害死猫。在他的味觉记忆里，这样的苹果远远没有洛川苹果好吃。但在他的记忆中，那里所见今生也不会忘记——一粒粒不起眼的水果，一个家族能精耕细作几百年，而且一个园子里绝大多数的水果成了果汁，只有品相最好的那一小部分，论个卖掉，也被食客记住。魏超说，“这也是高端农业的价值所在、希望所在。”

日本的民俗营销也是同理，定价人民币988元、1088元的很多。“高端的客人不在乎多掏几个钱，也不在乎房子空间大小，最在乎的是认同感 。”

作为童话磨石沟欢乐谷运营公司的董事长，魏超每天做的事情就是把服务的框架搭好，到时可以标准化服务。什么样的服务是好的？这是他每天和员工交流最多的话题。

受聘于公司的员工大多数是丰收村的留守妇女，魏超称她们为“原住民”。他希望员工们能发自内心有一个不输在西安打工的自豪感。这里称服务员为管家，管家们的底薪每月2200元，还有服务奖励。分为五级管家，每半年涨一次工资，三级管家的年收入在5万元。

来这里住宿的客人都是高收入群体，魏超要让管家们每天看到高收入者的生活方式后不自卑。只有对等的人格才能做好服务。“没有自信的时候，服务是不成立的，卑微的服务带给客人更多的是尴尬。”

正是基于这样的理念，魏超不仅仅教管家们服务技能，还给她们提供化妆品，定做专门的工作装。他们的培训内容是，带着员工体验好玩的，品尝美食，还有享受贴心服务。这样的培训，就是让员工更加豁达一些。

33岁的魏超，一双大眼睛，蓄着并不长的胡须，说话不紧不慢。丝毫没有这个年龄段小伙子的或张扬，或虚荣。他至今依然是单身，用他的话说是“完全单身”，这意味着连女朋友都没有。

魏超老家在潼关，小时候印象最深的是那里治安状况很差。从小学一年级到大学毕业，一直在西安住校，他说自己活得比较“独”。从最初的无所适从到慢慢适应，再到完全自理，也不觉得特别无聊。这样的生活经历，让他和父母成了朋友。在国外旅游时，魏超会给妈妈买化妆品，给爸爸买潮服。对于他的婚恋情况，父亲基本放任不管，母亲偶尔叨叨几句。

魏超说，自己生活中的好多朋友是丁克、不婚族，也有些朋友结婚，只是因为别人都结婚了。

他希望自己活成自己的样子。

身份问题

工作第一天去青铜关镇报到，中午在镇上的廉政灶蹭了一次饭。刚坐在桌子旁，一位镇上的干部热情地打招呼，问：“你是新来的吗？”她点点头。对方又问：“你是以什么身份进来的？”全彦的脸一下子红了。身份，对于没有进入编制的年轻人来说，是一个敏感而脆弱的话题。

23岁村官全彦坐在丰收村的便民服务大厅里，总是能引来路人的注目。与她一起工作的还有29岁的本村女孩张元丹、29岁的省人大驻村扶贫干部刘祯。三名“90后”让“老气横秋”的村委会变得富有朝气，甚至靓丽起来。

全彦是县上自招的大学生村官，不在真正“大学生村官”序列。也就是说，即使干满6年，也转不了事业单位编制。工资还不错，一个月2500元，这个收入在当地算中等偏上，但娃们谋这份“差”，心思不在钱上。冠冕点说，是为了奔个前程；说得直白点，就是为将来参加公务员、事业单位招考练练手。

到丰收村报到的第一天，让她心里最痛快的不是饭菜质量、住宿条件，而是干净的厕所。好多女孩对苍蝇乱撞的旱厕无法忍受，宁愿自己不吃不喝，也不去上那样的厕所。丰收村村委会的厕所设在一楼和二楼的楼梯转弯处，水冲式、瓷砖贴面。

村委会洗不成澡，天气热的时候，全彦会每天回到县城的家里住，第二天一大早再来。从村委会坐班车到镇上，再倒班车去县里，运气好一点儿，也得折腾一个小时。在车上的时间大多是发呆、放空自己，有的时候瞅瞅看了无数遍的沿途景色。景色看多了就不叫风景，只是一种草木的凌乱存在。

村上干了一个月，全彦给母亲说，挣钱真的太不容易，以后不再乱花钱了。母亲惊得长时间合不拢嘴，很难跟过去那个每天只吵吵着怎么吃好、喝好和玩好的娇女儿联系在一起。对父母来说，这就是成长，就是这份工作的价值所在。

全彦每天不光坐在便民服务中心，还要时常跟村干部一起入户。记忆最深的是，有一次和副支书到一户人家去说事，谈的内容是要让他家腾退旧房子。想想要扒掉人家住了几十年的房，心里真的很害怕。没想到，到饭点了，村民居然还给她们炒菜做饭吃。那顿饭，她吃得很纠结。

和村民接触多了，她也体会到“从群众中来、到群众中去”的本意所在。

有几户人家住在村里偏远的地方，政府在集中安置点建好了窗明几净的楼房供他们选择。“金窝银窝不如我们这穷窝”，他们说什么也不搬，好几次做工作做到凌晨，还是没说通。就这，村里还不能放弃不管。

有次全彦正在值班，来了一位60多岁的老人要开证明：“我要闹（毒）野猪，开个买‘3911’的证明。”

全彦和老人聊了好长时间，从家庭成员到产业情况，从邻里关系到饮食起居。“我既担心他想不开，服毒，又担心他为了吃野猪肉，中毒。”

直到感觉他不是想不开的那种人时，才按要求给他开了证明。老人离开了，她才想起这么大的事，还没给村支书请示，内心“突突”了好些天。

对于在村里的工作，全彦感到很踏实。她喜欢这里，喜欢和山里人打交道，但内心也常常会泛起一丝茫然。记得工作第一天去青铜关镇报到，中午在镇上的廉政灶蹭了一次饭。刚坐在桌子旁，一位镇上的干部热情地打招呼，问："你是新来的吗？"她点点头。对方又问："你是以什么身份进来的？"全彦的脸一下子红了，一种自卑感黯然来袭。

身份，对于没有进入编制的年轻人来说，是一个敏感而脆弱的话题。正因此，多少人年复一年地参加各种招考，为的就是有一个身份，全彦也是其中之一。

2019年毕业时，她以笔试成绩3分之差，没有进入面试。2020年，国考、省考、事业单位招考全部报名——人们，人们总希望自己有一个更加广阔的前程，谁不是这样呢——这也是一种叫作"青春奋斗"的东西吧。

在丰收村便民服务中心的墙上，挂着一块"为民服务代办事项"展板，这让我第一次切身感受到一个村级组织的重要性。

由于内容真的让我感到震撼，所以我不厌其烦地把它抄录下来，好让更多的人了解村干部、理解村干部。

行政许可类（19项）：协会、专业合作社申报；打字复印、图书门店、棋牌室等文化市场经营许可的申报审批；孤儿救助申报审批；五保供养申报审批；农村低保和城市低保申报审批；农村生育指标申报审批；计生奖励扶助资格审定；扶贫贴息贷款申报审批；长期或临时征用占用林地许可申报审批；村民建房申报审批；农村危房建造补助申报审批；小流域治理、节水灌溉、人畜饮水工程申报审批；水产养殖申报审批；矿产资源开发利用申报审批；企业投资项目备案申报审批；民营科技企业资格认定申报审批；夜间建筑施工、排污许可申报审批；道路货运、客运经营申报审批；工商个体户登记申报审批。

证照申领类（11项）：林木采伐许可证申领或补办；林权证申领或补办；野生动物驯养繁殖、特许猎捕证申领或补办；合疗证申领或补办；户口本申领或补办；居住证申领或补办；防疫证等相关证件申领或补办；生育服务证、独生子女光荣证、准生证申领或补办；安全生产许可证申领或补办；企业职工下岗证申领或补办；房产证申领或补办。

缴费报销类（9项）：城镇居民医疗保险费征缴；农村居民养老保险基金征缴；社会保险人员保险费收

缴；养老金的征收发放；城镇职工医疗保险费、生育保险费收缴及费用审核报销；新型农村合作医疗农民自缴部分基金的收缴；参合患者县外就医报销；独生子女保健费等计生奖励扶助发放；契税、耕地占用税的征收。

扶助服务类（36项）：法律咨询和法律援助服务；土地登记、征地拆迁办理；城乡居民养老保险办理；城镇居民医疗保险办理；财政供养人员工资手册、工资关系转移办理；城镇失业人员日常管理、就业服务工作及技能培训登记；残疾人医疗救助、临时救助、生活补贴发放；高龄补助资金发放；困难职工救助申请；大病救助补贴发放；大学生救助补贴发放；孤儿救助、临时救助；救灾款物分配发放；离任村干部补贴发放；粮食综合直补发放；低保人员廉租房申请和办理；农村低保和城市低保补助发放；农机具购置补贴发放；口蹄疫免疫死亡补助发放；能繁母猪补贴、保险办理及发放；医疗救助资金发放；医疗卫生服务；五保资金补助发放；义务兵家属优待金发放；扶贫贷款贴息资金兑付；户籍迁移；新生儿出生登记；养殖大场大户奖励补助发放；优抚对象抚恤、优待、补助金的发放；整村推进扶贫资金补助发放；高考报名、学籍手续办理；陕西广播电视户户通发放、维修；暴雨洪水等自然灾害灾后重建补助发放；科技项目补助资金发放；拆迁补助资金发放；困难党员党费减免。

信息查询类（7项）：婚育状况证明；户籍证明；涉农惠农政策咨询；流动党员管理制度咨询；教育信息及教育法规政策咨询；农民工进城落户政策资金；组织人事档案查询。

公示板上还有工作人员八项守则：遵纪守法，依法行政；熟悉业务，办事规范；坚守职责，勤奋敬业；廉洁奉公，不徇私情；举止得体，用语文明；热情周到，真诚服务；资料齐备，注重安全；爱护设备，正确操作。

9月中旬，我拨通了全彦的电话，她说这次省考又没能进入面试环节，差两分。

12月中旬，我再次驻村采访，村干部告诉我，全彦已考到了另外一个乡镇的事业岗位，我们没能再见面。

外来打工者

村民和政府相处，有时像女儿和妈妈一样，使使小性子，无理取闹一下，有的时候还耍个赖，反正觉得不会怎的，其实内心是充满感激的。

黄国芝是丰收村的外来打工者，在这个盛产外出打工者的山村，外来打工者显得有些新奇。

黄国芝家与丰收村相邻，走路半个小时就能回家。1987年出生的她，登记身份信息时组长给“大约”了一个年龄，身份证上变成了1982年出生，对这些她并不太在意。这不影响她是三个孩子的母亲，最大的娃已经12岁；也不影响她在童话磨石沟欢乐谷打工，这份每月2200元工资的工作，是托村上有头脸的亲戚找来的，黄国芝非常满意。

家里没有产业，丈夫手艺不“突出”但腰椎间盘却突出，这让黄国芝家的日子过得恓惶。每月领到工资后，黄国芝会拿出一部分给孩子们买零食、学习用品。

“我没上过学，地种得近一点儿，一门心思让娃们上学。我连一天学都没上过，我们兄妹五人，四个女孩连校门都没有进过，把所有的机会都留给了哥哥。”黄国芝说，自己希望孩子能上个大学，只要好好上学，要什么都给。没有知识，自己感觉做什么都做不好！

提起自家所在的村和丰收村的比较，黄国芝惊奇地说：“那——啊——差得太远啰！”人家丰收村多好啊，给老百姓带来多少收入。自己村里只能种点玉米和麦子，玉米地经常让野猪像碾场一样糟蹋。

黄国芝家是贫困户，之前住在山里时，从家到公路步行得四个小时，就是骑摩托车也得一个多小时。村里有钱人都在城里买了房子，留下的都是没钱人。两年前，她家在安坪镇上的安置点分了房子，算是走出了大山。三个孩子上学连午饭钱都是免费的，这让黄国芝觉得生活很有奔头。

黄国芝打工所得还有一项重要的开支，那就是补贴娘家人的人情与支出，这是一个让人心疼的大家庭。

哥哥属猪的，如果活着的话，今年37岁了。20岁那年在金矿上打工时，矿塌方了，人就没了。我妈妈四个女儿，就那么一个宝贝儿子呀！哥哥一死，嫂子就走了，他们没有孩子。妈妈心里难受。哥哥死后，妈妈替哥哥抱养了一个男孩，现在已经上初中了，为的就是不让这家人绝户，孩子也成了妈妈活下来的力量。

大姐嫁在安坪后，第一任丈夫在山西煤矿打工时死了。2017年夏天，第二任丈夫家的房子倒塌，姐姐的老公、老公公和儿子压死了，姐姐和小儿子被人从废墟里扒拉出来，捡了两条命，你说惨不惨？还好，国家负责把人安葬了，要不，真不知咋办？

二姐夫三期尘肺病，别说干活了，嚯！风一吹能站住不倒就算不错。二姐前年得宫颈癌，花了十几万元，现在掉了的头发又长出来了，照样还要下地干活。不干咋办？家里两个孩子，一个上高中，一个上大学，得亏是贫困户的政策好，如果没有国家帮助，两个孩子上学都是问题。二姐得病后，我手头没钱，我老公的姐姐家条件好，借了1万元钱给二姐，我们还发个水滴筹能得3万元，这才把手术做了。就这，两个孩子开学时，我们一百、二百的，总要给点。

妹妹一岁时，爸爸得了病，那时他才49岁，医生说要换肾，当时根本没有那些钱，人就没了。要是放在现在，有医保可能还能治上一阵子。所以，我说我妈妈最伟大，现在60多岁了，谁家需要种地、薅草的，她就去打工。妈妈和侄子住在50平方米的安置房里，两人相依为命。

我们家五口人，在安坪安置点分得100平方米的住房，一个人只掏了2500元，这样的好事过去做梦都不敢想。我们原来住的村里，没有手机信号，全村只有山峁席子大的一块平地断断续续有信号，大家有急事都往那块地上去，好好的地被踩得寸草不生，后来干脆给那里取个名字叫“电信台”。那个时候，我最大的愿望是能吃上自来水，因为每天光担水就花好长时间，感觉人生特别无趣，村里和我一般大的人都说自己已经老了，常说的一句话是：“人过三十无少年。”你说说，才30岁呀！都一脸的老相。自从住进安置点，感觉人生重新开始，包括院子里的花都比山上的开得艳！说白了，活人就活个心气。

当然，人有时是不知足的。村民和政府相处，有时像女儿和妈妈一样，使使小性子，无理取闹一下，有的时候还要个赖，反正觉得不会怎的，其实内心是充满感激的。我们分新房时，国家就敲响摞明说好要拆除旧房子，当时所有人都满口应承，等到新房到手了，再拆旧房子就难了。你说送你一套新房，拆你的旧房子还给补助几万元，这样的政策上哪里去找？想想每年连阴雨倒塌那么多房子，心就颤！我大姐一家吃了这个亏，好端端的人家，一下子抬出去三副棺材，唉！

不过，花开两朵，各表一枝。关键同样一个村，都是一条绳上的人，有的人家旧房拆了，有的就没拆，矛盾就是这样搞出来的。说眼红也是，说不公也对。有人旧房扒掉又重新盖产业房，光挖地基就花了四五万元，你说这不是豆腐花了个肉价钱嘛！我家的房子没扒时，村上答应让我在安置小区干保洁。等房子拆了，就把我的公益也扒了，你说能这样干事吗？

农村现在行礼的风气很重，但真正人情很淡。我老公家兄弟仨，加上叔伯哥两个，每年过年时，20多个人坐两桌，今天在我家，明天到他家，抓一把玉米籽猜单双，都能把人喝得五迷三道。这样的家族，在农村已经很少有了，我们几家人都特别宝贵（珍惜），一到腊月就开始吊甘蔗酒，有时吊四五百斤。谁都知道瓶装的酒好喝，我喝过最好的酒是十五年西凤，一个人喝了两斤也没醉，感觉瓶装的酒喝了只有头晕不头痛，自己吊的酒喝多了难受。

有人把过年叫农民的年终总结，这一年混得好的回到家乡扎个势、争个光，没挣到钱的灰头土脸地和别人取个经，都盼望着明年比今年还好。也对，日子就要有头有尾。

第七章　呵　护

大山是有记忆的，你改变了什么？岁月做证！

李铜关来敬老院时穿了9条裤子，每条裤子的裤管和裤腰分别用绳子系住，上面沾满了屎尿。纪垂来帮他脱裤子脱了40分钟。

冷水河、李铜关、茅坪，这都是周边的地名，也是青铜关敬老院收留的流浪汉的名字。因为没法问出其真实的姓名，所以，在给他们上户口时，在哪里发现的就以哪里的地名取人名。

一捧野菊花

当了20多年村支书，让吴相琴最感动的场景是，参加完党的十九大回到村里时，村民就地薅来一捧野菊花。在人们心中，这是对一名村干部最质朴的迎接。

2019年9月，吴相琴辞去丰收村党支部书记职务，专心当起青铜关镇敬老院院长。敬老院是丰收村小学改造而成的，2010年开院至今，吴相琴一直兼任院长之职。

吴相琴辞职的理由很充分，也让人尊重。一是为了让年轻干部上位；再是因为自己的身体，血压有时会升高到180。高强度的村务工作，她已吃不消。

“我家男人有女人和没女人一样，孩子有妈和没妈差不多。”吴相琴说，当了22年村支书，最亏待的是家人。这句话，她辞职后体会更深切。

年届60岁的吴相琴儿女双全，家孙外孙有三个。当支书时，有时见了孙子想抱一抱，孩子却像见了生人一样，要不是跑掉就是哭，她也忙得没时间想想为什么。辞职后，有一次她陪小孙子睡觉，娃才说，“你以前天一亮就出门了，跟你睡一起我害怕。”

前两年，吴相琴得了一次肾结石，疼得死去活来。她强忍着不流泪，因为自己是村支书。等疼痛缓解后，她想起一件事，自己哭得泣不成声。

那年，在西安打工的女儿同样得了肾结石，懂事的孩子忍了三天，最终还是有气无力地拨通妈妈的电话。得到的安慰只是，能忍就再忍忍。现在她体会到女儿当时的痛，也回想到自己的自私与无私。

“女人当村支书，会遭到村里许多女人的嫉妒、许多男人的不服，所以更难当一些。”吴相琴说，自己特别关注那些“没多大用的人”（智障者、弱能群体），当然，这样会让工作的阻力成倍放大。

青铜关敬老院是附近4个镇的区域敬老院，住在这里的86人，全部是五保户，全失能15人，半失能37人，71人智障，其中11人是收留来的流浪汉。

喜欢关注“没用的人”的吴相琴，一心想做个有用的院长。

蒋成奎刚走进敬老院时，敲响撂明说：“自己只吃手工面，不吃机器压的挂面。”

对于只有三名厨师的敬老院，这增加了不小的工作量。有人说：“不惯这坏毛病，爱吃不吃！”

吴相琴说：“这里就是他的家，爱吃啥就做啥。”四年时间里，凡是吃面的时候，蒋成奎都能得到一碗手工面片或面条。

突然有一天，有人给吴相琴“举报”，蒋成奎吃了一大碗挂面。“蒋师，你能吃挂面为什么出这难题，以后不敢这样调皮了。”吴相琴温柔的批评换来一个婴儿般羞涩的微笑。

别看这里智障者占绝大多数，但带给人的感动却常常呈现。

2019年，一位五保老人去世，亲属们为了表达谢意，在敬老院摆了几桌子酒菜。开饭时间到了，事主怎么叫，却没有一个人去坐席。直到敬老院的工作人员出面，大家才开始吃席。吴相琴说："这里每一个人都有一份自尊需要精心呵护。"

2020年春节期间，新冠疫情发生。到侄儿家过年的刘昌四暂时回不了敬老院，他急得几次从家中偷偷往外跑。防疫的需要，不愿在家待的刘昌四被临时安排入住青铜关卫生院。吴相琴去医院看望他，刘昌四立刻从自己的包包里取出三筒饮料递来，这是他春节期间在侄子家攒下的。吴相琴流泪了，"以后谁也不准再叫昌四'瓜瓜子'。"

不吃干面的蒋成奎，人生唯一一次恋爱是在敬老院谈的。

女友叫朱本翠，两人白天坐在床沿上都手拉着手。蒋成奎戒掉了烟，买来各种饮料给爱人。敬老院给他俩添置了大红衣服，在房子里贴上喜字，凑成了和和美美的一对。

2020年5月，朱本翠去世，蒋成奎几天水米不进，为此还住了一次院。

冷水河、李铜关、茅坪，这都是周边的地名，也是青铜关敬老院收留的流浪汉的名字。因为没法问出他们的真实姓名，所以，在给他们上户口时，在哪里发现的就以哪里的地名取人名。

敬老院工作人员纪垂来清楚地记得，李铜关刚来时，给他洗澡的情景。

李铜关穿了9条裤子，为了防寒，每条裤子的裤管和裤腰分别用绳子系住，上面沾满了屎尿。纪垂来帮他脱裤子脱了40分钟。

洗完热水澡，换上干净的衣服，这位智障的聋哑人报纪垂来一个“吝啬”的微笑。

这样的微笑，对于这位每月只有1800元工资的中年男子来说是奢侈的。他的存在，除了干最重的活，还起着“震慑”作用，毕竟这里居住着近70名智障者，他们有时发起威来，是不计后果的。

有年春节，敬老院给大家会餐，并上了一点儿酒。哪知有几个人喝多了，闹了个乱七八糟，管你什么院长不院长，天王老子来了也不认。纪垂来和另外两名男同事守了半夜，才将醉酒者安抚好。

纪垂来今年54岁，当过10年民办教师，跟爱人在西安街头用小推车卖了16年凉拌素菜和卤肉。2011年，敬老院开院时回到老家，一个月700元工资。

当时听说敬老院有“三金”，漂泊了半生的纪垂来想给自己老年有个保障，这是他入职的唯一私心。

九年了，因为种种原因，他的“三金”依然没有下落，但人已很难再出去闯荡了。

五保户蔡康英刚来敬老院时，体重只有49斤，走起路来晃晃悠悠，脚下直绊蒜。“谁有本事让这个人吃胖，记大功一次。”吴相琴说。

九年过去了，76岁的蔡康英不仅活得好好的，而且体重已过百斤。

陈永方刚入敬老院的第二天就胆管结石复发，送到医院当即做了手术，纪垂来陪同了两天两夜，直到老人通气后才离开。

事后，大家想想都庆幸。陈永方入院前，一个人独居在半山腰上，方圆一公里没有一户人家。如果在家发了病，生命难保呀。

“今儿几了？”

“我属龙。”

“你是哪个村的？”

“我生日十月初十。”

开饭前，吴相琴在院子里和81岁的刘万檬前言不搭后语地拉着家常。

吴礼秀正在给刘万檬擦脸、洗手，为即将开始的午饭做准备。担心刘万檬摔倒，用一根宽宽的布带子，把他的腰和轮椅绑在一起。

53岁的吴礼秀在这里已经干了九年时间，她负责照料13个人，其中三个人生活不能自理。

每餐，她先要喂三个卧床者吃完饭后，自己才去食堂，有时要折腾一个多小时。回忆刚来时，吴礼秀说起初收拾完病人的大小便，她有时恶心得一天都不想端碗，一个月体重减了10斤。

现在，她们之间已经处得像一家人，失能老人把床上搞得再不堪，吴礼秀都不会反胃。

雷发洞因风湿性关节炎，双手抽得不能伸展，双脚外翻得连鞋子都穿不成，他的手连筷子都把握不住，但是夏天给别人做扇子时却出奇的灵巧。

他用水果箱、香烟盒等硬纸板作扇面，竹片作扇柄，缝制了几十把手扇给院里的人，每人发一把。一时，敬老院里，“雷氏扇子”成为一景。

这天，我的午饭是在敬老院吃的，饭菜有包子、玉米仁稀饭、腌酸豆角、凉拌酸菜、凉拌黄瓜、清炒土豆丝，饭堂里十分安静。

“干这份工作，要有孝敬爷爷一样的耐心，心疼孙子一样的爱心。”吴相琴说，有的工作人员刚来这里不到一天时间就离开了。

回到办公室，她开始琢磨起敬老院扩建的事来。“我们经常接待来访的人，他们想把亲人送到我们这里。但是因为这里是公益单位，不能接收五保户以外的社会人员。”吴相琴说，其实农村赡养一个失能老人，至少得有一个壮劳力窝在家中，不管从经济成本还是生活质量算，都远远不如送到专业的敬老院，这也是不少村民来咨询的原因。

她思谋着，能不能把空置着的十多间房子改造成对外经营的房间，搞个“院中院”，一院两制对外营业，这样能增加一点儿收入。一个月1800元的工资实在难以让工作人员安心，这也是她看到的危机所在。

“百善孝当先，万善德为本。”吴相琴的办公桌的后墙上，这两句话镶在红绒布底的匾额上。

第一书记

跟村干部、村民相处，陆德平把自己看得“很低”。他到外省出差，会花680元给村干部买一条围巾；他每个周末从西安返回村里时，总会带上几箱水果和大家分享。

自己那辆吉普车，几乎成了村里的公务用车，上级来检查，他既陪同也当司机；村里谁要是生病了，一个电话就变成“救护车”；有的时候还顺带给贫困户拉个猪饲料。

“当第一书记是个技术活。”这是我之前一贯的感觉，认识陆德平并相处一段时间后，这种感觉愈加强烈。

第一书记是干啥的？官方表述为，在乡镇党委领导和指导下，依靠村党组织，带领村“两委”成员开展工作，主要职责任务是帮助建强基层组织、推动精准扶贫、为民办事服务、提升治理水平。

说是这么说，其实在现实中，村“两委”强，第一书记是“闲差”； 村“两委”弱，第一书记只能脱鞋下水干着本该是村支书的活。更多的时候，第一书记是一个协助村干部解决棘手矛盾的角色。因为你是“外人”，不存在你的爷爷和他的爷爷曾经干过架、有“旧账”，所以，他在村里是一种超脱的存在。

2019年8月，在部队工作了16年、在省人大信访部门工作了16年的陆德平来到丰收村，当了第一书记。

49岁，发际线已越过“山顶”，一双眼睛里不乏中年男子的睿智、真诚，更多的是成熟、练达，当然也有一点点“圆滑”。在村上干事，不圆滑常常被识别为不成熟、工作没方法。

“我是从山阳县大山里走出来的，驻村扶贫是有自己初心的。”陆德平的初心，来源于生活经历和工作经历。

1988年当兵入伍后，一直从事新闻报道工作，在军内各类报纸上稿不断，部队由此决定将其直接提拔为军官。提干的喜酒喝了数场，哪承想一夜之间被别人顶替了。无奈、绝望的青年回到秦岭深处的家，记忆中那满目苍翠的大山黯然失色。穷苦的日子没有给他留有任何退路，只能咽着苦水回到军营，继续爬格子。后来他当了副连长、指导员、师部新闻干事。当第一书记，端平一碗水、保护弱者，成了他执念的事，也是为了疗旧伤。

在省人大信访办公室工作的16年间，他见证了太多的无奈、无助、无理取闹。他对缠访群众进行调研，十年时间里，眼睁睁看着一户群众因上访由富变穷，而安于劳作的邻居由穷变富。

他听到来访的群众反映，位于大山的某贫困县，负责施工的镇领导为了得好处，从上千公里外一斤一元钱往回拉石头。他骂这些怂脑袋被驴踢了，心肠被钱熏黑了。骂归骂，还得时不时去接进京上访人员。

生活就是这么反差，他想回到村民身边，尽自己的能力做点事，以弥补省级机关一成不变的工作节奏带给人的空虚。

“过去接访时，是被动的和群众打交道，驻村任职能主动发现和解决群众的疾苦。”陆德平说，驻村后自己关心的群体是最容易让人忽视、被各种表格框在外面的“边缘户”。

2020年3月，习惯晨跑的陆德平跑到了住在山沟里的王永珍家。正准备早起放牛的老王诉起了自家的苦。

王永珍家五口人，四个人身体有疾病，其中大儿子是智障。因为一家人养牛、种地，收入过了贫困线，精准识别时不是贫困户，所以享受不到一些扶贫政策。

陆德平走进王永珍家的侧房，3000多斤黄豆、3000多斤小麦堆放了半间屋子，因为到他家的路太窄，机动三轮车开不到他家来，所以即使压低价格，小贩也不来收。

“脱贫攻坚，我们不能光盯着建档立卡的贫困户，也要解决贫困边缘户的实际困难。”陆德平当场拨通了镇党委书记冷先华的电话“求援”。

当天，冷先华带着镇党委班子成员，在王永珍家院子里召开现场会。20天后，王永珍家第一次有小货车开进院子。4月，陆德平和村委会商量，将2000斤魔芋种子送给了王永珍。

“陆书记，我今年套种了10亩魔芋，施了不少牛粪，收成好的话，明年能‘中个大奖’。”7月16日，王永珍带着陆德平查看自己的“庄货”，信心十足。

“人民群众的坚韧、勤劳和知难而进，真值得我们当干部的好好学习。”陆德平说。

村民李书惠因丈夫被打一事，进行了多年的上访，也多次拦截过来丰收村调研的上级领导，成了县里挂上号的缠访者。也因此，村干部很少上李书惠的家门。

一定要给这个特殊家族寻找一条致富的门路。陆德平和李书惠商量，支持她家养鸡。他帮助申请了一笔贷款，李书惠看了个好日子，让儿子杨清政从外地拉回1400只鸡苗。当年，这批鸡卖了11万元，纯收入5万元。

驻村当第一书记不全是风光的事。陆德平来到丰收村，村干部似乎“不待见”他。头一周只和村支书见了一面，第二周互相打过一次电话。村委会主任“请病假”已有一年多时间。

丰收村是个先进村，凡有上级领导来检查，镇领导会带着十多名镇上的干部突击加班。最神奇的是，他们一个晚上就在集中安置点搞出一个“物业管理办”，第二天早上八点半牌子一挂，不影响九点钟上级领导的检查。

还有神奇的事。2016年中共中央授予丰收村基层先进党组织的称号，并颁发了一个奖牌。这么硬的“金字牌”却始终在一名村干部家中藏着，理由是，奖牌上面镀着金，担心牌子被人偷走，金子被人刮掉。

陆德平上任一个月后，镇上将村里的“两委”班子进行调整，42岁的副支书张健一肩挑起了村党支部书记、村委会主任的担子。原先的村“两委”一夜间主动辞职得只剩下三人。

新班子上任，第一件事是从村委会的伙食抓起的。村民一日两餐，早饭常常安排在上午十点钟。这就意味着，没有什么急事，村干部上午十点半才能来齐整。村委会的廉政灶七点半供应早饭，一人交一块钱，管饱。这一改变，八点钟，所有的村干部都在村委会就位。

钢笔、夹子、打印纸，陆德平回到省人大机关，向同事张口化缘。村里的办公经费已经透支了三年，无数的表格还等着要填报和打印。

陆德平找人将中共中央颁发的“基层先进党组织”牌子，用六道膨胀螺丝挂在会议室的墙上，再给会议室加装防盗门。尽管他知道，这个牌子“含金量”很高，此金非彼金，但还是依着村干部的想法做了防盗措施。

跟村干部、村民相处，陆德平把自己看得“很低”。他到外省出差，会花680元给村干部买一条围巾；他每个周末从西安返回村里时，总会带上几箱水果和大家分享；他受邀到村民家中吃饭，总会自己带些散酒。

一年时间里，光村民自酿的甘蔗酒他就买了100多斤，其实他并不喜欢喝酒，甚至有些讨厌，但他清楚跟村民一起喝点酒对于拉近感情的重要性。至于自己那辆吉普车，几乎成了村里的公务用车，上级来检查，他既陪同也当司机；村里谁要是生病了，一个电话就变成“救护车”，有的时候还顺带给贫困户拉个猪饲料。乖乖，一年行驶了3.5万公里，换过两次减震杆。

2019年11月，陆德平组织全村19名党员到照金参观学习，有些老党员是人生第一次走出秦岭。临行前，他给每一名党员包了100元的红包，名称叫电话补助费。有些党员不好意思要，他暖心地说：“你们今天给谁打工，也能得100元。”

年终时，陆德平把村上的10个小组长叫在一起，每人奖励1000元。他心里特别清楚，这些一个月只拿250元补贴的男人们，一年到头默默地为村里做了许多事。至于这笔奖金从哪里列支，这需要自己慢慢想办法，甚至承担责任。也许最终由自己掏腰包，但他深深感到，这是他这个岗位应该做的事、担的险。

2020年疫情发生后，他所做的这一切得到回应。正月十六，68岁的张世彦带着火盆到村口防控点值班，他还不是党员；退休在家的蔡克智领着儿子一起来值班。当他捐出1000元时，4个小时内全村捐款5700元。几天后，应村民的请求，进行了二次捐款，两次共捐17300元，不少捐款来自村民，有的捐出了5元，还有捐菜捐粮食的。

我们驻村结束了怎么办？

栽烤烟四年要换一次茬，而魔芋一次种植，年年采挖就行了，被称为“千秋万代”产业。

这不正是我们苦苦寻找的产业吗？陆德平会商一起驻村结对帮扶的省信用联社，出资30万元，为壮大村集体经济而发展产业。

村集体有100亩桑园。有人提议将魔芋种在桑园里，一问老支书张远成，说那里的土质太硬，长不出来。

最终决定村民出地，村集体出种子，收益后村集体第一年占一成，以后每年占三成。16吨魔芋种子花了17万元。人们一看有利可图，管理起来就精心多了。魔芋幼苗喜阴，就套种上玉米，用玉米叶子做伞。头一年村集体就收入了5万元。

剩下一些种子，陆德平没忘记村里的两户边缘户，每户送了几百斤。

脱贫攻坚普查员

我们听到一则惊人的消息，外地的一位普查员不配合被访地方的工作，被当地干部打得住进了医院。村干部没日没夜地干了五年时间，这次普查成了关乎成败的“最后一哆嗦”，心理压力可想而知。

来丰收村的两位普查员的心态是，他俩把的是脱贫攻坚质量的最后一道关口，既不希望挨打住院，也不希望自己因高抬贵手成为历史的“罪人”。

2020年7月中下旬，脱贫攻坚国家级普查在全省展开，因工作量大，这次普查是在省内各市间互派人员交叉进行的。

在丰收村普查的是来自渭南市临渭区的宋建涛和党晨。宋建涛34岁，党晨是个“90后”，两人在原单位都是驻村干部，对脱贫攻坚和农村工作的门门道道了如指掌。所以想糊弄这样的普查员，门儿都没有。

对于接受普查的村干部而言，也喜欢和这种明白人打交道，他们最害怕的是没出校门的大学生来普查，那些娃们是典型的“本本主义”者，凡事唯书、唯表不唯实，是村干部眼里的“黑白无常”。

普查人员有明确的纪律要求，入户时不让媒体随行。7月30日下午，我以“观察人员”的身份，见证了一场庄重的普查。

这次普查的户主是76岁的伍齐清，丰收村人，育有一儿一女，儿子17岁时病故，女儿出嫁到东坪村。2019年秋天起，伍齐清和老伴方启英住在女儿伍寿连家。上午，普查人员已对老人在丰收村安置小区的住房进行了查核，下午请女儿代答确认。

伍寿连家在东坪村的山脊上，路是麻花路，国产越野车在山上一路“怒吼”，盘旋而上，后排的人，时而向左挤作一团，时而向右拥成一堆。大家在议论路边庄稼超强生命力的同时，也感慨乡村基础设施建设的成本。为了几十户，甚至几户人家的出行，国家要花成十上百万元，齐茬茬地从大山中錾凿出一条道路，然后硬化。当车上所有人都以为车子要翻过山梁时，忽然一拐弯，不大的一块空地突兀地出现在眼前，伍寿连家的几间瓦房孤零零地立在那里。

伍齐清穿了一套藏青色的薄丝中式立领衫，胸前印着一对大大的中国龙。方启英穿了一件花格子衬衫，疾病让她的嘴角抽向右边，整个嘴巴呈现在右眼的正下方。

“我们是国家脱贫攻坚普查员，过来把您二老看看。”宋建涛让老人坐在屋里的小竹凳上，自己蹲在老人面前，双手握着两位老人的手，一开腔把两位老人说得泪水涟涟。

现在我们核实二老的生活情况，请您女儿代答。

“老人吃饭的米面油多不多？”

“你瞅，都在厨房堆着呢。”

“老人多长时间能吃上一次肉？”

“我们家腊肉四季不断。”

“我看大爷大娘这衣服都是新的。”

“这不听说你们今天要来嘛。”伍寿连的回答诚恳、实在，逗笑了在场的所有人。

“老人冬天和秋天的换洗衣服有吗？”

“有，在衣柜里。”

“那好，带我们去看看。”

看完衣柜后，小宋回到客厅，当着两位老人的面，接着核实。

“冬天有厚被褥？”

“有。”

“天冷了，烧炭盆时，要防火还要防一氧化碳中毒。”一句话，让人觉得眼前这个年轻人不是来“找问题”，而是来看望自己的亲人。

“大爷一级残疾，大妈三级残疾，他们按月能领到残疾补助和护理费吗？”

“能收到。除了这些，还有低保和高龄补助。”伍寿连拿出自己的手机，调出了一张截屏的收支明细表，上面的内容是，残疾护理：360元；残疾人费：360元；利息：3.95元；农村低保：3279元；医疗救助：250元；高龄保健：300元。可以看出，这是一个动态的明细。

核准所有信息后，宋建涛从包里取出一张制式的“关于贫困户由他人代答的情况说明”：

贫困户（伍齐清和方启英）因（年事过高、说话不清）原因，无法接受调查，经（伍齐清）本人同意，由（伍寿连）代答。

被访者（签字或按手印）

代答人（签字）

普查时间：2020年7月30日

伍寿连不太会写字，第一次在代答人处将自己的名字签成“伍寿莲”。宋建涛在与身份证核实时，发现“连”字多了个草字头，又拿出一张“情况说明”，让伍寿连重新签。

“撇一竖一横一撇一横折一横。”担心伍寿连再次签错名字，宋建涛站在边上念起了笔画，如同教一个孩子识字一般。

向老人道别时，宋建涛主动夸奖两位老人有一个孝顺的好女儿，意在掩盖老人中年丧子的悲痛。

方启英老人呜哩哇啦说了一串话，伍寿连的“翻译”是：“女儿好，女婿比女儿还好。”对于一个因失去爱子“寄人篱下”的老人来说，这句话包含了太多的人生苦乐。

我翻看宋建涛胸前的普查证，封套的背面插着一片美丽的银杏叶。不知这片叶子从何处捡来，不知这片异乡的银杏叶，给这位1984年出生的普查员会留下什么样的回忆。

回到村上，我们听到一则惊人的消息，传说外地的一位普查员不配合被访地方的工作，被当地干部打得住进了医院。

我不知道这则消息从何而来，也没法求证它的真实性。但它成了那顿乡村农家餐桌上的主要话题。宋建涛和党晨只是埋头吃饭，任由“同行挨揍”的消息在席间蔓延。

我非常理解他俩的心态。村干部没日没夜地干了五年时间，这次普查成了关乎成败的“最后一哆嗦”，心理压力可想而知。普查员是奉公行事，他俩把的是脱贫攻坚质量的最后一道关口，既不希望挨打住院，也不希望自己因高抬贵手成为历史的“罪人”。

都不容易。

第八章　主　角

大山是有回声的，你出了几分力？余音做证！

书记是个“大肚子”

镇安县青铜关镇白树村原党支部书记张远成，身高一米七，体重240斤，走起路来“地动山摇”，说起话来“和风细雨”，村民称他为“大肚子书记”。

“大肚子书记”的人生中，传奇事不少，最典型的是：他在村党支部书记岗位上干得很突出，曾被选举为东坪乡副乡长，并提拔成乡党委副书记，因为惦记着村民，他又辞掉“乡官”，回村当起小组长、村支书。

还有。

包产到户之初，村民开荒造田正在兴头上，他却断然喊停，顶着各种压力建成万亩核桃、板栗林，并且改变“一捆柴一顿饭”的传统生活方式，使村域森林覆盖率由上任时的不足两成到离任时超过75%，彻底扭转“山顶暴雨满河洪，全年辛苦空对空”的状况。

他看到村里的五保户、残疾人外出打工受气，日子过得可怜，主动收留在自家过日子，像兄弟般对待，有人已经待了23年。

入党46年，有人说他眼光超前，有人说他“不识时务”，但张远成的心里只有一条：跟乡亲一起挑战贫困。2019年，由丰收村和白树村合并而成的丰收村，村民人均纯收入达到1.14万元，远超陕西省平均水平。

当上副乡长

1992年10月，当了21年村干部，在村党支部书记岗位上干满两届的张远成被选举为东坪乡副乡长。

从“村官”一夜间成为国家干部，多少人投来羡慕的眼光，张远成却不自在起来：这些年，没日没夜带领村民搞高标准农田建设，就连石头砌成的田坎上都栽上了桑树，但村民的日子说好听点刚够糊嘴，更多的人一年到头兜里连个“毛票票”都没得揣，自己却一个月拿上了570元工资，不安呀！

“农田建好了，地里不光能长庄稼，还能长‘大团结'（当时用的十元人民币）。”这是从沟底往山上抬田坎石时，他和村民肩并肩喘着粗气，互相鼓励的话语。随着自己的离开，当初的承诺成了空头支票。

回村去！一个念头挥之不去。

县上动员栽烤烟，祖祖辈辈种麦子、玉米、大豆过活的村民一时转不过来弯，张远成说服在家务农的妻子，在自家地里做试验。5亩烤烟居然卖了9000元，抵得上种三年粮食的收成。

1999年10月乡镇机构改革，东坪乡有12人面临轮岗分流，已任乡党委副书记的张远成不在其列。

张远成找到乡党委书记求情，希望能让自己轮岗分流，对方哭笑不得："最近找我的都是希望留下来，你是特例。"

"村民还在受穷，我当这官有啥用？"他向乡党委书记打起包票，回到村上一定闯出一条致富路子。

"你可想好了，轮岗的人一个月只发200元生活费。"

"这个我晓得，不搁事。"

回到村上后，张远成接着向村党支部书记求情，"我们三组没有组长，我来当。"

村党支部书记当然很乐意，三组地处山腰以上，自然条件全村最差，人均收入全村垫底，太需要有本事人站出来领头。但张远成本家兄弟却骂声一片：“你这个人好丢人，咱们家的先人让你羞干了。”

张远成从来没觉得当农民、干农活是件丢人的事，他把三组36户主事人招集在一起，连续开了四次会，中心议题只有一个：兴烤烟。

三组平均海拔千米以上，用村民的话说，一担水挑不稳，一对铁桶滚到沟底就成了两块废铁皮。出行的路是村民长年累月用脚蹬出来的一个个“鸡窝窝”，连条“线”都没连成，出门靠脚走，运东西靠背篓。

要想栽种烤烟，修通一条机动三轮车能行走的路成为当务之急。2000年农历正月二十一，张远成带着36户村民开始了本组的“世纪工程”。

他托关系从县化工厂赊来了几十吨硝酸铵，让组里的“爆破专家”刘有朝、张自学架起大锅炒制土炸药；他说服组上的铁匠姚昌泰老人重新燃起熄灭了十几年的炉火，给每一户村民打制一把铁镐；他每天为自己分配和其他村民一样多的工作量，白天“拖”着240斤的体重在工地“上蹿下跳”搞指挥，晚上陪着老婆、孩子一起赶工程。

白树村三组沸腾了，就连几位扛不动铁镐的老人，也戴上竹编的安全帽，脖子上挂着铁哨，当起了安全员。

“他把路修上去了，我把磨石沟的水喝干。”邻村柳湾村党支部书记朱枝年放出“狠话”。这不是同行间的忌妒，更多的是对不听善意劝说者的揶揄。

朱枝年说得没错，三组地处山腰以上，邻近公路住着二组和一组，除了修路本身的难度，占地问题不是一般事情，村民视土地如生命，别的组员会白白让你占用自家的土地去修路？

工程启动后，张远成觍着脸到几户平时关系不错的人家去做工作，都被婉拒了。尽管自己当村党支部书记近十年，尽管自己依然保留着乡党委副书记的职位，在利益面前村民最讲现实，他理解人们的心思。

“远成，地里走不成，你就顺着水路走。”一组村民李爱荣的话点醒了张远成，这条线路下大雨容易冲毁，但能避开一、二组的耕地，直接与三组的地头连接。

经过整整360天的努力，2001年农历正月十六，6

公里的泥石路修通了。这一天，白树村三组发生了两件大事。

三组村民朱立奎家的机动三轮“蹦蹦车”，第一次开到自家半山腰的院子；青铜关镇党委书记秦高晋（东坪乡已并入青铜关镇），第一次将北京吉普开到了张远成的家。

村民取下腊肉，拿出自酿的“甘蔗酒”，招待客人、犒劳自己。席间，村民举着酒杯自发组织起“一事一议”会：修路欠下的1.7万元债务，被大家平均认领，无一户“扯皮”。

几杯酒下肚，秦高晋询问张远成。

“你下这么大气力修路，想干啥？”

“搞烤烟。”

“今年能发展好些亩？”

“370亩。”

“我一巴掌扇死你，我一个镇都栽不起那么多，你一个组在这做梦。”

两个月后，秦高晋再次来到白树村三组，烤烟苗已移栽到大田，从半山腰到山顶放眼望去，一片白茫茫的地膜，像是在梦境。

白树村三组的烤烟田，被镇安县政府确定为全县烤烟种植“指挥田”。

这一年，全县烤烟推广现场会在白树村三组召开了37次。

这一年，因栽种烤烟，三组村民户均纯收入超过3000元。

这一年，张远成再次被任命为青铜关镇党委副书记兼白树村党支部书记。

再次回村

再次当上村党支部书记，并且有镇党委副书记头衔，许多村民想张远成会给当年阻挠修路的一、二组“穿小鞋”。哪知，他上任后却给他们吃起了“偏饭”。

一组村民赵长华家住公路不远处，当年倔强地说出：“我家抬起腿就到了公路上，不需要修路。”

这年冬天，他家盖房子，拉了一车瓦卸在公路上，偏偏下起了大雪。夫妻俩在雪地整整守了一夜，第二天请来两个组的劳力背了一整天。为此，做了八桌酒席，散了十条烟。有人说，要是用机动三轮车，五次就能运完。

这件事传到张远成的耳朵里，他心痛了好长时间。由此也萌生一个想法，无论多难，也要让全村户户通硬化路。

村民对修路这件事的态度是："欢迎路修到我家院子，不欢迎占用我家的土地。"

"一人要中百人意，难呐。"张远成说，从决定修路之时自己就知道这是个出力不讨好的事。

田干良和另外三户人家住在一个山坳里，之前几拨人勘测路线，都认为要么拆掉两间房，要么绕开他们家。

两种结果，田干良都接受不了，一着急还骂开了人："路修不过来，我要抠村干部的眼睛，说明他们眼睛是瞎的。"

张远成听了，倒不怕抠眼睛，但夜里却怎么也闭不上眼。"群众这么激动，不正说明这件事的意义和价值所在吗？"他在被窝里不光琢磨人，还琢磨线路的事。

天不亮，他带着1.5米长的竹竿来到田干良家的坡下，一竹竿一竹竿反复测量。数小时后，确定了两全其美的施工线路，只是路基要在崖畔上多砌出一些。

几个月后，路修到了田干良家的院子，房子也保住了，性格耿直的老田也不含糊，当着村干部和施工人员的面做了一次公开道歉："当初咱骂村干部眼睛瞎了，现在看来是咱自己眼睛瞎了，没把人和事看明白。"

修路时挖了韩国政、高显文、朱立护、姚永清家的20多棵核桃树，村上也想给点经济补偿，但实在拿不出钱。

"走，去找'大肚子'吵架去。"四个人话音未落就出发了。

这天是农历腊月二十七，忙碌了一年的张远成在家杀年猪。看到四位"客人"，不等对方开口，他对其来意心里明白得和灯一样。

温酒、炒菜、猜拳，四个大男人最终谁也不好意思把"正事"点破，反而和张远成聊起加快施工进度的事。

年后，张远成还是想办法挤出一点儿钱做了赔偿，尽管远远低于市场价，但四个人都表示满意。

张远成耳朵上有个伤疤，那是修路时他自做主张挖掉了弟弟家碗口粗的一棵柏树，自家亲弟弟急了，狠狠地咬了他一口。

村民都清楚，这一口不仅仅是为了给那棵树"报仇"，这是对张远成长期不太关照本家人、"胳膊肘向外拐"的积怨。

“也算是弟弟给咱做的‘廉政鉴定’。”张远成摸摸耳朵，淡然一笑。

朱立峰家门前有个毛栗树垭子，当年修房时，风水先生说那是“凤脉”，动不得。

修路时，如果避开“凤脉”，就要绕1公里的路。张远成和村干部商量，给朱立峰1170块砖头，2吨水泥、沙子，为毛栗树垭子做了一个照壁（挡墙），公路沿墙而行。

通了公路、保住“凤脉”，朱立峰一家人很感动。

至此，全村14.7公里生活、生产路上的31件“拦路事”全部解决。然而，张远成还是睡不着觉。听说县交通局把硬化道路的指标下达给米粮镇的一个村，村里迟迟没有动工，省市要来检查验收，县上交不了差。

张远成跑到县交通局寻指标，每公里得到17.9万元的补助。当年，白树村通户路实现了硬化。

因依山而居，白树村村民吃水历来靠肩挑，一担水来回要花两个多小时。而烤烟苗往大田移栽时，要大量用水，根本担不及。

解决村民生活、生产用水成了村支书张远成心头的另一件大事。2004年，张远成带领村民奋战一个冬天，从山顶的一处水源地建成蓄水池，100多户人家用上了自来水，群众高兴地说，“咱们的水干净得连空气都不接触。”

在水管经过之处，再建小型蓄水池，生产用水一并解决。

“王总，白树村群众基础设施建设积极性很高，他们用电问题，请你给予解决为望。”15年过去了，当年镇安县县长杨长亚写给县农电公司领导的便条内容，张远成倒背如流。

白树村有电，但变压器在山底，山顶的用户电压不足，点个灯都是“红星星”，更别指望用电烘烤烟。

张远成在村民大会上提出把动力电拉上山，许多人反讥他“南天门上说闲话”。

张远成有的是耐心，他在县农电公司蹲守了半个月时间，用他的话说，“见人就磕头递烟地说好话”。但农电改造的事，一点儿头绪都没有。直到时任镇安县县长杨长亚来村蹲点调研时，才有了进展。

“那是我唯一一次在村民面前流泪。”2005年，当县农电公司施工车拉着数车电线杆子、电力配件进入白树村后，240斤的“大肚子书记”哭了，哭得很伤心。

此时，制约白树村发展的水、电、路全部得以解决，距离张远成辞掉“乡官”回村任职已超过1000天。

“青山清我目”

“青山清我目，流水净我耳。”这是张远成琢磨的一句话，整齐地书写在自家养殖场的院墙上。

包产到户后，村民种地热情空前高涨，但毁林开荒现象愈演愈烈。

“树一砍，点上一把火，柴灰叫‘火粪’，上等肥料。苞谷籽一点，长势颡（厉害）得很。”

“那时山上叫人挖得像‘鬼剃头’，一场大雨，满河泥糊，山坡就像被‘剥了皮’。”

55岁村民朱西民说，这两个情景经常出现在自己少年时期的记忆中。

1984年，张远成担任起白树村党支部书记，此时，村域内林木覆盖率已不足两成。是睁只眼闭只眼与开荒兴头上的村民“和睦相处”，还是牺牲眼前利益与世代依赖的大山“和谐共生”呢？

张远成心里清楚，如果和村民“硬杠”，成效不会明显，还不如采取迂回战术。

多年的广种薄收，村民也觉得不是个办法，张远成顺势发动大家建设高标准农田，用提高单产的办法来抵消开荒的劲头。

一阶阶石坎砌起，耕地的坡度变小了，水土得到保持，产量成倍增长，村民的心思也不再单单只盯着土地面积的多少。

县上提倡百亩高标准农田，张远成带着村民一口气建成了300亩，几乎人均一亩，初步扭转了伐树造田的态势。

白树村村民长期过着“一捆柴一顿饭”的生活，灶房里烟雾缭绕。

改灶！这是张远成迂回战术的第二招。

“我们祖祖辈辈都是用这种灶做饭，也没见谁没长大。”“才吃了几天舒心饭，就开始动咱的灶王爷来了。”村民不解、反对。

张远成找到弱劳力家庭，讲解节能灶对劳动力的节省；找到爱打扮的妇女，宣传节能灶带来的卫生改变；他在自家的猪圈建起了沼气池，把做好的米饭让大伙品尝，打消有些人“柴火硬、焖饭香”的固有思维。

“谁说咱们山里人是铁嘴壳、石脑壳？那是因为没有人带着大伙长见识、开窍门。”在全村改灶推进会议上，张远成有感而发。此时，村里70%村民已用上了节能灶。

让村民获利，是张远成推进工作的出发点、落脚点。

退耕还林政策一推出，张远成视其为千载难逢的好机遇。他向上级争取来2400亩退耕指标，在村里开始实施“万亩林、万只羊”工程。

这一工程的设计想法是，幼林期间，林下可以套种紫花苜蓿，苜蓿不仅可以保墒固土，更能作为优质饲料喂养羊子。

正是利益牵引，白树村的每一棵树下都修成了2米长、1.5米宽的石头护台。五年间栽就6000多亩板栗、核桃林，村里的羊子存栏达到5000多只。

随着林木成长，苜蓿渐渐枯死，张远成再次站在带领村民实现产业转型的起点上。

2003年起，张远成让妻子徐启秀卖掉家里所有的羊子，开始养猪。当时生猪毛重一斤只有5元钱，一年出栏20头猪，只能保住本。

赔着劳力干这件事的唯一目的，就是为村民探出新的致富路子。

两年后，张远成成立了远健养猪专业合作社，带着村里13户家庭贫困的村民抱团搞养殖，“当时连合作社的名字也琢磨了好长时间，‘远健’谐音‘远见’，就是希望大家把目光看得远一点儿。”张远成说。

从承建养猪场那刻起，张远成向村民公开承诺，自家猪场的粪便免费供应。作为优质有机肥，起初供不应求，但随着猪场不断扩建，渐渐开始堆积，成为环境污染的一个隐患。

建一个大型沼气项目需要200万元，对于张远成来说，这是个天文数字。在各方的支持下，2015年，沼气项目完工，存栏500多头生猪的养殖场不仅实现零排放，还成为20多户村民做饭、取暖的“气源”。

2019年，丰收村村域森林覆盖率已达到75%以上。

这一年，村里当年栽种板栗的人家，依靠卖板栗人均收入3000元以上，占年均纯收入的四分之一。

这一年，全村开张的农家乐已达53家，许多村民依靠山货和美景过上了富裕的日子。

这一年，村里一棵两人合抱的金桂树，有人出价10万元购买，村民不为所动。

他与村民

“张书记，这可咋办啊，我家的母猪‘疯了’，一连咬死5条（头）猪娃，还剩4条快饿死了。”

2018年春节期间的一个深夜，熟睡中的张远成接到了贫困户朱立龙打来的求援电话。

当时，一只小猪价值500元，朱立龙正每餐用红糖水和鸡蛋羹侍候母猪“坐月子”着呢。

“莫急、莫急，你把猪娃抱到我家来。”张远成知道，这是母猪生育头胎时的应激反应。

没过多久，朱立龙开着三轮车赶来，车斗里，一床大红被子裹着4只瑟瑟发抖的小猪崽。

注射防疫针后，张远成给4只小猪全身用酒精喷洒了一遍，既消毒又清除气味，并安置在保温产床上。很快，4只小猪就找到了“奶妈”。

视村民如父子兄弟，是张远成几十年为人处世的一贯作风。

村里聋哑人王水安是五保户，46岁前一直在外地一金矿背矿石，多年来非但没挣到一分钱，还因讨薪挨了多次打。

王水安打着手语找村支书张远成给自己“出头”。

“你哪儿都别去了，跟着我过。”张远成用手语回复。

从此，王水安就成了张远成的“家人”，到现在已经过去23个年头。王水安闲不住，力所能及地干些农活，张远成不亏待人，每年给他开6000元工资。

逢年过节，张远成会陪着王水安到王家祖坟去上香。有次上完坟后，王水安闷闷不乐，他用手语告诉张远成一个心事，自家的侄子至今没有孩子，他担心王家的香火要断。

“我和家人不仅会为他养老，将来也会为他送终。”张远成说，一家人早就不把王水安当外人看待，家里来了客人，吃饭时，王水安会自然地坐在主人的位置上。

46岁的贫困户吴永喜，因年轻时酗酒，酒后把自己的腿绊成残疾，地里农活干不成，外出打工没人要，整天在村里喝劣质酒、发酒疯。

“你到我猪场来，能干点啥都行，一年给你2万块工资。”吴永喜丢掉酒瓶子，当天就去报到了。因为找事做，他记不清受了多少次委屈、遭了多少次拒绝。

采访时记者看到，吴永喜将张远成家近百斤腊肉挂在院子里的铁丝上晾晒，担心淅沥的猪油污染了地面，他事先在地上洒好干土，事干得细致且认真。

“他的父亲和我同岁，说实话，我把他当儿子在养。”张远成说，吴永喜酒瘾犯了，他会像训斥自己的孩子一样“嚷上一顿”，两个人谁都不会觉得不自在。

吴永喜已经在张远成家工作、生活了12年。

20多年前，村民姚西田家四口人三个得了肝硬化，公粮杂税年年拖欠，已累积到了250元，这在当时已算一笔不小的数目。

“钱出逼家门，不逼无一文。”催收公粮的镇干部盯上了姚西田家尚未育肥的猪。

“年猪不能动，这猪养肥后制成腊肉，是他们一家人来年的‘营养’，钱我来垫。”张远成从村民处借来了250元，帮助姚西田家交了杂税。

两年前，姚西田的爱人岳地梅来到张远成家，登门致歉：“那年你给我们垫的钱，至今还没还上……”这笔账，已经是20多年前的事了。

对于村民的关心，他不分地域。

相邻的铜关村贫困户张有清想养猪，但一时拿不出那么多钱买猪崽。

“你从我家逮，等养肥卖了钱再还。”张远成一句话，张有清一分钱没用出，就逮走了十几只小猪。

肥猪卖掉后，张有清别的事上急着用钱，张远成同意他接着“挂账”。三年过去了，依然欠着2000元。

这些年，张远成家的养猪场白送、半价卖给贫困户的小猪有100多只。

其实，当年为了建猪场，张远成最多时贷款400万元，光偿还银行的利息就多达50万元。

“上山戳鼻子，下山蹭屁子。”这是住在雷家沟的白树村四组村民，对当地坡陡路峭的形象比喻。

2005年，张远成争取来一个以工代赈搬迁项目，硬是在沟底的乱石滩上整出一块地，优先安置四组23户村民下山安居。

地基建好后，村民担心下山无法生存，张远成好话说尽，最终20户村民下了山。2015年脱贫攻坚精准识别时，守在山上的3户人家全部为贫困户，搬迁下来的20户中只有2户贫困，原因是因病致贫。

白树村小学设在几间土坯房里，年年修，年年危，全村近60个孩子“冒着生命危险在上学”。与学生同样可怜的还有村干部，因没有固定办公场地，今天在张家开会，明天在李家议事，整天“打游击”。

村里的水、电、路得到全面改善后，张远成着手解决孩子上学难的问题。

几名村干部以个人的名义从信用社贷了一笔钱，作为修建学校的启动资金，之后分头到教育部门、帮扶单位逐户“化缘”。

2004年年底，一座“宏伟”的“小学兼村部”在白树村河边拔地而起，一楼九间房子为小学教学使用，二楼九间为村委会办公所用。

孩子有学上了，党员有地方学习了，欠下的账怎么办?

村集体有100亩林地，每年退耕还林补助2.3万元。张远成一再节省办公、接待费用，硬从这笔钱里省出十几万元还债。

“我从村支书岗位上离任交账时，村里是不该（欠）外债的。”张远成说，这是自己比较得意之处。

被举报

在张远成任村党支部书记的18年间，也有因“经济问题”被人举报过，但调查的结果却出乎意料。

在硬化14公里村道时，县上拨款200多万元，有人怀疑张远成从中得了好处，一封举报信写到县检察院。

“你们查吧！一定要有个结论让村民知道。”张远成说，那天他把两抽屉账交给检察人员，反而感到一身轻松。

两个月后，结论出来了。他个人不仅没有贪占问题，村里还多垫付了2万元工程机械费。年底，镇上给白树村补了2万元。

有人替他喊冤，“大肚子书记”哈哈一乐，“人家怀疑蒸馒头的多吸了热气，也是人之常情。”

有一年，张远成从县国土局争取来4.5公里的流域治理项目，实施后可以从河滩整理出近100亩耕地。县上派来专业的施工队，村里只负责施工保障工作。

“太不像话了，把书记和镇长撇在一边，自己私下里搞工程赚钱。”有人给镇上主要领导“煽火”，张远成被叫去挨了骂。

这事的确之前没和镇上汇报过，造成了误会。自知“理亏”的张远成挨了骂，不辩解，不还嘴，工程如期推进。

镇上领导了解实情后，专程赶到白树村，看到已经成形的大片良田，感慨地说：“你这个人确实好，我们那么骂你、误解你，你眉头上连‘王’字也没画一个。”

建成的百亩土地给村民分配后，有5分边角地没法再分。有的村民看到从山上搬下来的张远成家没有菜地，村民大会上提出把这块地作为争取项目的奖励，划给张远成作菜地。

“我如果占了这个便宜，就会有扯不完的筋。”他谢绝了村民的好意。

年满60岁时，张远成从镇党委副书记岗位退休，同时主动辞去白树村党支部书记职务。这些年的辛劳，他落了一身毛病，想着空出位置让年轻的村干部接任。

“成了普通党员就要按时参加支部活动，但是不能乱说话。”张远成说，自己身份比较特殊，所以更应该自律。

但不乱说不等于只当老好人。

村民张汉梅找到张远成诉苦，说本家的兄弟几家光景不相上下，为什么有的人家是贫困户，自家不是呢？

“光想捡便宜柴，常常会烧破加厚的锅。”张远成说，“你应该多向产业户看齐，而不是和贫穷人‘争食’。”

张汉梅听了，也做到了。

经常提醒自己不乱说的张远成，有两次没绷住，还是“乱说了”。

全体村民大会上，他点名批评有的人种地时把石头和杂草往道路上随意扔，既破坏路面，又影响大家的出行。话音一落，引来阵阵掌声。

党员大会上，他提出爱人智障、老人有病、三个孩子年幼的姚西刚享受不了低保有失公正。村里再次核实后，给姚西刚补报了低保。

张远成的儿子张健，从烟叶收购员干到乡镇烟草站站长，一个月工资近2000元，这在15年前算高收入者。

张远成忙于村务，就让儿子辞掉工作，回家打理养猪场。尽管有千种不愿意，张健还是听了父亲的话。

镇上干部看到这个年轻人踏实、肯干，建议把张健吸纳到村“两委”班子培养。

“要不得，要不得，那样村委会不就成‘父子店’了吗？”张远成坚决拒绝，直到他辞职八年后，张健才被选为村党支部副书记。

2019年10月，丰收村党支部书记、村委会主任实行“一肩挑”，45岁的张健挑起了这副担子。

上任不到五个月，新冠肺炎疫情发生。开着自家的车“两头不见天”地跑，忙活了一个多月，身心疲惫的张健回到家却挨了妻子的抱怨，两人还吵了架。张健一气之下，连夜写好了辞职信。

“你这会儿不想干也得干，这当口撂挑子，怎么向全体村民、上级党委‘交账’？”

天刚亮，不等张健起床，张远成就冲到床头“上纲上线”地一顿训斥。

昨夜，为了平息儿子和儿媳的争吵，视子如命的母亲徐启秀还扬手甩了张健两耳光。为此，她心疼得一夜没睡好觉。这时，徐启秀已经做好了早饭，和张远成一起劝解儿子“早餐后赶紧去抗疫”。

“这一堂‘家庭党课’上得酣畅淋漓、醍醐灌顶。”张健说，今后无论多难，类似的事不会再发生了。

疫情缓解，初春的秦岭再次披上崭新的绿装。

在丰收村阳坡山上，一个“巨型”的身影在林间、地头缓慢移动。退休后的张远成在为山顶7户、河道100多户村民改善生产生活水源，踏勘水池建址。

之所以称为“巨型”，除了自身体重外，因高血压、糖尿病并发症，此时，张远成的双腿肿得像注满水的塑料袋。

“没有人比我更熟悉地形，修水池要占村民的土地，凭我的脸面轻易不会搁住事。”2019年年底，得知村里要修水池，张远成主动向村党支部请缨。

还有一句话没有说出口，他深知自己的身体状况，不抓住这次机会，恐怕很难再为村民做件像样的事情。为此，他推迟了七个月住院治疗时间。

2020年5月1日，张远成住进了陕西省人民医院，体内肌酐值达到784，是正常人的近10倍，必须立即透析。

张远成选择了在家自己能操作的腹透方式。每天分三次，通过瘘管往腹中输入、放出12升低钙腹膜透析液。

“晚上睡觉翻身要慢一点儿，走路的时候不能太快。”张远成说，腹中时常存在的4升透析液，“摆动”

得特别厉害。

即便是这样，村民有什么需要帮助的事，一个电话，“大肚子书记”骑上电动车，一刻也不耽误。

他为什么和村民如此亲近？采访中，我不停地寻找这一答案。直到张远成带着记者踏访了他出生、青年时期居住过的那三间即将倒塌的土坯房，似乎能从中找出一些线索。

在这海拔1907米、坡度61度的大山里，从呱呱坠地的那一刻起，因为家境贫困的父亲为倒插门女婿，张远成便随着外公姓张。贫穷可以让人“改姓易名”的针芒就这样始终刺痛着他。

更何况，他是一名党员，带着更多人走出贫困，成了他一辈子的追求，他的命。

“一肩挑”

为了给儿媳出气，母亲动手扇了张健两个耳光。这种火辣辣的疼在他上小学后还是第一次。尽管他理解母亲打自己是为了消儿媳的火气，维护家庭的和谐。张健、张健，你什么时候混得只有挨顿打才能让日子过得消停些？一个声音在滚烫的耳边作响。他翻身下床，奋笔写下辞职信。

2019年10月，45岁的张健“子承父业”，当起了丰收村的“一把手”。父亲张远成任这个职务是九年前的事，这中间经历了三任村支书。张健的前任支书是吴相琴，党的十九大代表，可以说她把一个村的荣誉推到了顶端，这让村党支部书记、村委会主任“一肩挑”的张健倍感压力，以至于在任职不到半年后想到过辞职。

写了半夜的辞职信，没拿出家门就被父亲“扣留”了。

“丰收村党支部是中共中央表彰的全国先进党组织，前任村支书是全国党代表，这个平台搭得太高，上任后真正感觉到自己能力有限，完成任务没有问题，但要把村里带到更高的阶段太难。”张健心里十分清楚，丰收村外部形象很高，内部可以提升的空间很大、很大，他给自己定的工作目标是，沉下心来付出几年的努力，让村里各方面工作的基础更加坚实一些。

张健是2015年当的村委会委员，三年后换届时当选为党支部副书记。原本想着在这个岗位上还能历练几年，没想到原任村支书退休，村委会主任辞职，一副担子瞬间压在他的肩头。

上任后，张健面临的最大困惑是，来要账的人太多了。因为还没有交账，村里的“两成债务道听途说过，八成债务全然不知。”为了发展，前些年村里布局了几项产业，投资不小，有的需要长时间才能见效，导致村级债务压力很大，这也是时下许多发展较好村的共同难处。无论怎样，张健对前任村支书有一个笃定的评价：她是一个了不起的女同志，为村里的工作尽心尽力过。

高中毕业后，张健可以上商洛电大的委培生。当时委培生不包分配，实诚的他就没有去。后来，凡是去上委培的学生，找找关系全部吃上了公家饭。

在人生的重要起点上，他因为自己的老实吃了亏。

时任村支书的父亲为让村民种烤烟，先在自家地里种了八亩，张健学习起烤烟技术。那年，东坪乡烟站在社会上公开招聘烟叶收购员，张健成了司磅员。第二年，县烟草公司招聘技术员，一名技术员负责200亩烟叶的技术指导，一个月挣400元，张健成为技术员。两年技术员在当地小有名气，便当上东坪乡烟草站站长。这样的日子过了七年，张健被调回县烟草公司基建办，一个月工资达2000元，是县级部门公务员工资的一倍还多。

2008年，陕西提倡“一村一品”，省委组织部组织全省部分村干部到华西村学习，来回十天时间。当时父亲张远成任村支书，工作太忙，走不开，和县委组织部沟通后，同意让张健代替父亲去学习，这背后有父亲刻意安排的意图。

为了给村民寻求新的致富门路，2003年张远成就开始建设小型养猪场。由于村上的工作太多，他心里特别希望张健能辞掉工作，回到家中给自己搭把手，但总是开不了这个口。这一年，刚好新建不久的猪场要给村里的赈灾搬迁工程腾地，面临着拆迁。张远成希望儿子有机会出去开开眼界，以便确定下一步是否还继续投资建新的养殖场。

这次学习，给张健心里带来巨大冲击，特别是吴仁宝讲到华西村每人年分红10万元时，他顿时觉得自己就是个彻头彻尾的井底之蛙。曾经那每月2000元工资带来的喜悦荡然无存。

从华西村学习回到丰收村一周后，张健提出了辞职的想法，爱人只说了一句“你要想好”，便不再作声；父亲连丁点反对的声音都没有。张健就这样结束了12年的“公职”生涯。

之前养猪积累了3万元，拆迁猪场获赔3万元，仅有的6万元成了一个大型猪场的建设启动金。好在当时有村民和信用社的共同信任，找村民借个身份证，信用社睁只眼闭只眼就给放贷5万元。张健把这种借贷叫作“背皮”。三个月时间里，一个能养千头猪的大型养殖场建成。此时，张健和父亲已经欠信用社80万元的贷款。

经过三年时间的精心养殖，贷款还得还剩30万元。作为全县的养殖大户，也受到政府的关注。随着猪的数量增加，粪便处理成了一个重要的问题。张健又经过三年多时间的努力，争取到一个大型沼气项目，尽管政府投资170多万元，但自己还得搭进去50多万元，这笔钱在当时相当于1000头肥猪的利润。

那会儿社会上有一种说法，称养猪是“短命产业”，套完政府的奖补资金就卖母猪、关猪场。张健为了养猪把公职都辞掉了，他是要把这当事业来做的。张健此举吸引了省上领导来猪场调研，并给予很高的评价。

作为当地大型养殖场，作为村支书家的猪场，不光要自家能赚钱，还要承担带动乡亲一起致富的社会责任。基于是，张健成立了养殖合作社，利用抱团发展的优势，让那些不会防疫、担心卖不上价钱的人“入伙”。“呼啦啦”，一下子就有76户养猪户加入合作社。

合作社成立前，生猪贩子在村口建起了猪圈，占山头般垄断收购。合作社和安康一家大型屠宰场签订直供协议，所有社员的生猪育肥后，吆到张健家的猪场过秤，一分差价也不收。如果发生收购费亏欠，张健还会及时垫付。

最让张健不能接受的是，那会儿生猪一旦发生蓝耳病，就会有骑着三轮车的猪贩子到处收购病猪，用极低的价格从养殖户手中收走，送到屠宰场只要还有一口气就按正常猪作价。有的人三个月时间赚走十几万元的昧心钱，张健给这些人起了个形象的名字：秃鹫——趁火打劫的食腐者。

对于当村干部的艰辛，张健有一定心理准备，这些大多来自父亲的经历。他清晰地记着，村里修建赈灾搬迁点时，需要村上筹钱打地基，他父亲想尽了一切办法还是欠1万多元银行贷款还不上。眼看着1万元连本带利滚成了3万元，镇上领导也急了：“不管用什么方法，反正由你偿还这笔债务。”村里商量，把剩下的几个地基出售、变现，卖地基的公告在村委会贴了小半年，红色的纸已变成了白色，没有人愿意“揭榜”。父亲情急之下，自己贷了3万元，还了银行债务，三个地基也过户到自己名下。没想到的是，多年后，有人竟然以多占宅基地的“罪名”，告父亲的状。

父亲张远成还在任时，镇上领导就提议过让张健担任村委会委员，被张远成拒绝了。三年前，镇上又让他当村委会副主任，张健没答应。那会儿他算的是经济账：当村委会副主任一天的补贴不到50元，而自己猪场雇一个劳力得120元，实在不划算。

村党支部书记、村委会主任“一肩挑”后，张健才真切感受到，一向会算账的自己真的犯起了傻。自家的车贴着为村里办事，所有的过路费、油钱都要从一个月2200元的补贴中支出。这些全不说，因为没买村里一户贫困户家的魔芋种子，被对方还臭骂过一通。

外面的骂声还在耳边萦绕，回到家里又听到妻子的抱怨声。两人大吵一通后，母亲为了给儿媳出气，动手扇了自己两个耳光。这种火辣辣的疼在他上小学后还是第一次。尽管他理解母亲打自己是为了消儿媳的火气，维护家庭的和谐。张健、张健，你什么时候混得只有挨顿打才能让日子过得消停些？一个声音在滚烫的耳边作响。他翻身下床，奋笔写下辞职信。此时，无数个家庭正因疫情的发生而足不出户。

写信可以，交出去很难，父亲这一关是过不了的。一整夜，张健等待着天亮后那场暴风骤雨般的教训。没想到，风雨来得比预想的还要快、还要急。天不亮，父亲那200多斤的块头炮弹般地立在了床头："你这会不想干也得干，这当口撂挑子，怎么向全体村民、上级党委'交账'？"

张健时常怀念一个场景：上初中时，父亲贩了一季白芍，挣来的钱买了一辆飞鸽牌自行车。那是村里唯一一辆自行车，自己带着妹妹骑行在上学的路上，清脆的铃声和妹妹稚嫩的歌声在山间回荡。

后 记

一

再次进入丰收村已是伏天。

沿着西康铁路前行，一个又一个隧道让人的眼睛来不及明与暗的适应。倏地一闪，丰收村的村口便在眼前。

对于巍峨的秦岭而言，它是亿万条山缝之一，甚至是无数次造山运动的“败笔”——没能整体隆起，反倒挤成一道道裂、一条条沟。我曾遐想，或许在多少个寂静的深夜里，秦岭因此而叹惜过。

对于高速路上疾驰的人们，很难有谁慷慨地向这个村口投去一瞥。它不是秦岭的七十二峪，难得谁有闲心去欣赏。犹如母亲身体上的一条条妊娠纹，常年掩盖在衣衫之下，尽管它是孕育生命的印记，但并不会像抬头纹一样常常被看见。

丰收村，两山夹一沟，沟深13公里，最窄处两座山的直线距离不到300米。当我站在沟底仰头望向山顶时，遮阳的草帽便掉到脚后跟。即便是这样，它在我眼中、心中依然是美丽的存在。

夏日的清晨，当第一缕阳光温柔地洒在山顶时，知了便开始一整天的嘶鸣，沟底偶见炊烟，山腰间的薄雾却是每一个早晨都有。雾团有时像一群精灵的孩子，悄无声息地奔向玉米地、核桃林，更多时则似一块硕大的白纱，让青山多了一份娇羞。

丰收村的美，在于绿水青山间的苍翠。

板栗、梨树、红椿、杉树、核桃、樱桃、银杏、杜仲、马桑泡树、漆树、柿子树……“这叫桦梨树，又叫耳树，生长的木耳最好吃；这叫构树，树皮可以用来造纸；这是柏树，做成的寿材最好，是许多老人临终的最高‘追求’。”村里一位老人说。

秦岭的爱，在于对山里人慷慨的馈赠。

苍术、连翘、柴胡、葛根、夏枯草、鱼腥草、金银花、石泽兰……“夏枯草必须端午节前后三天，带着晨露采；苍术采收后，必须用麦麸相拌后发汗，否则入药后，病人会汗流不止。”一位村民说。

“你看，那是铁链枷鸟，燕子往来南北时，它们在燕群的上下伴飞，防止别的飞禽攻击，是燕子的‘带刀侍卫’；你听，洋雀叫声是‘白白弄、白白弄’、抬石雀的叫声是‘啊哼、啊哼’；我说，最可怜的要数‘我儿剁错鸟’，相传一个人娶了后妻，一心想杀掉继子，亲生儿子知道后，用自己的身体替义兄挨了刀，父亲变成一只鸟儿，忏悔地叫道，‘我儿剁错、我儿剁错’，每叫一声，嘴里流一滴血，直到死亡。”一位村干部说。

大山的威严，在于演绎的民间故事都那么教化人心，由此可见人们对它爱得多么赤诚。

二

这样峻峭、挺拔的大山，能养育出什么样俊美、不屈的人？我的采访就从这里切入。

一块落石砸在包工头方乾进的右太阳穴处。去县医院的路上，他的儿子跪在救护车上接了他吐出的两盆血倒掉。在取掉茶杯盖大小的头骨后，他只住院治疗了15

天。第16天，方乾进自己开车上了工地。此时，他的头被一层又一层纱布包裹着，只有两只眼睛和嘴巴露在外面，像一具木乃伊。

是什么让一个农民有如此强大的生命力？是男人身上的义气和责任。

挖了20年煤的朱西民，在查出煤肺病的当天，得到十五万三千元的赔偿。走出煤老板的办公室，他觉得冬天的阳光真的很暖。这是他49岁人生中见过的最多的钱。他的“好心情”，来自居然不用打官司就能得到赔偿。

一个月只拿250元补贴的村小组长刘先进，将女儿出嫁时所得的4万元彩礼，拿出3万元偿还了修路时欠下的集体债。提及此事，他连忙摇摇手：“这个丑事，说不得、说不得。”不知在他心里，是得彩礼为丑事，还是用女儿的嫁妆钱垫给村里为丑事呢？而他摇动的那只手，是当年给组里接电时触了电，已丧失了劳动的功能。

40多岁的吴永东说：“咱这人，除了人民币不会造，其他的事‘一码齐’。”这是我听过一位农民兄弟说出的最豪迈、自信的话。但当他从外地买回来的八头黄牛，三个月时间内连续死了三头后，他拿起尖刀，把牛肚子划开，想通过解剖看到底哪里出了问题，结果什么也没看到。

当了十几年民办教师的蔡克智，在转为公办教师的体检中，看到血象报告上写着“阴”字，吓个半死，心想这下尿了，咱一个大男人怎么还整出个“阴性”来？回家怎么和老婆交代呀？这是他人生中的第一次体检。

46岁的姚西位，在堂哥去世的第二年，娶堂嫂为妻，为了省掉看喜日子所花的钱，他俩约定，村里哪天有人结婚，就认定为自己的喜日子。这是何等勤俭、质朴的农民兄弟、姐妹啊！

我并不刻意地走进一个个农家小院：品种繁多的菜园、码放整齐的柴火堆，就连土墙上用木头橛子悬挂着的家具都被擦拭得锃光瓦亮，无不体现着主人对家的热爱，对生活的态度。

采访中，当男主人不经意地卷起裤管时，小腿上总是呈现出一道道“蜈蚣”般的伤疤，那是他们在陕北煤矿、山西铝矿、内蒙古金矿、贵州高速公路隧道打工时留下的。说起受伤经历，大多数人很淡然。受点伤都不算大事故，不少人都有眼看着工友离去的经历。

深夜，我行走在秦岭深处的山沟里，两边的大山像巨人一样如影随形，给人以极大的安全感、护佑感。是的，经历亿万年的风雨激荡，秦岭万壑纵横，成为无数人休养生息的空间——因其包容一切，才被尊称为父亲山。

三

“爸呀，妈呀，那个要钱的人又来了！”在村上工作了近40年的副支书赖盛贵，酒后一遍遍地向我重复着这句话，说着说着，满眼是泪。

这是30多年前他到农户家里收“三提五统”时，一位刚刚懂事的小姑娘见到他后说的话。这句无忌的童言在他心中深深铭刻，挥之不去。今天的泪水不是懊悔当年的不应该，而是庆幸这样的情景一去不返。

正是因为有那样的记忆，使得赖盛贵对人对事特别容忍，包括那些无理取闹者。他认为，群众觉得亲近、信任才上村委会的门。

一场大雪过后，我再到丰收村。早上，几名村干部在村委会火炉旁说事，一位穿戴整齐的老人走了进来，没用人招呼便坐在火炉边伸出了一双洗得干干净净的手。他面向赖盛贵，目光却盯着跳跃的火苗，喃喃地说，这大冷天的，早饭还没吃！

“有困难找警察！我告诉你，打1—1—0。”一旁几位年轻的村干部挤着眼睛开起玩笑。

“咦，看把你们能的！”老人向年轻人们投去揶揄的目光，互相谁也不觉得尴尬，犹如祖孙间没大没小的斗嘴。

“我看你今天衣服穿得整齐，手也洗得干净，所以奖励你一顿早饭。”赖盛贵说着，便把老人领进村委会的廉政灶，亲自打开了炉灶，开始馏馒头。

老人是五保户，衣食不缺，只是手有点懒，来村委会蹭饭成了常态。为了让老人吃得心安理得，村干部跟他说，只要每天能把衣服、手洗干净，把家拾掇得整洁，就可以得到饭菜的奖励。从此，这位老人穿戴干净，庭院整洁。

帮助你，而不让你心生难堪；扶持你，而不需你感恩戴德。有什么能比给予村民自信更重要的呢？

四

多年的基层采访中，我发现有一个问题始终困扰着基层干部。为什么党的政策这么好，受惠的群众很少“送锦旗”般地表达谢意呢？

丰收村“哲人”朱自堂的回答是，只有西方的主才需要人们饭前祷告、歌功颂德，共产党员是全心全意为人民服务的公仆，不需要。

丰收村“小媳妇”姚西芳说，你说妈妈和女儿经常拌嘴，但从不会记仇；婆婆和儿媳相敬如宾，却往往人心隔肚皮！为什么？就是因为有血缘在啊！

血浓于水！我豁然开朗。是的，这种认同、感激，不正在方乾进顶着残缺的头骨依然冲向工地的行动上；不正在刘先进用女儿的彩礼钱偿还村里修路欠下的债务中；不正在丰收村男人们身上一道道蜈蚣般的伤疤里。

五

我用白描般的文字，记录一个个家庭的精彩与平凡。因为在普通人的心中，家，是繁衍生息的场所，更是安身立命的港湾；国，是生于斯长于斯的地方，更是精神的家园，心灵的归宿。

丰收，是一个村子的名字，是一村普通人的真实感受和无限希冀，也是一个农业大国走向复兴的基石。通过“整村记录”，一条脉络清晰可见：在中华民族伟大复兴的进程中，一村之民收获的不仅仅是以小康生活为标志的财富累积，更重要的是“我是主角”的自信。

驻村采访近两个月的时间里，我穿行在秦岭的沟壑间，脑海里总能迸出那段耳熟能详的话语：“人民是历史的创造者，人民是真正的英雄。”

六

从中华民族伟大复兴战略全局看，民族要复兴，乡村必振兴。

从世界百年未有之大变局看，稳住农业基本盘、守好“三农”基础是应变局、开新局的“压舱石”。

历史和现实都告诉我们，农为邦本，本固邦宁。我们要坚持用大历史观来看待农业、农村、农民问题，只有深刻理解了“三农”问题，才能更好理解我们这个党、这个国家、这个民族。

全面建设社会主义现代化国家，实现中华民族伟大复兴，最艰巨最繁重的任务依然在农村，最广泛最深厚的基础依然在农村。

这些是中国共产党建党百年之际，以历史深邃的目光对农业、农村、农民问题的深刻理解。

一位学者称，村庄是农耕文明留给人类的最大遗产，某种程度上其价值并不亚于万里长城。

当我走进农村，走近农民，最深刻的感受是，这里发生的故事远远比我们想象中更精彩；农民的创新、创造能力远远比我们“文件”中要求的更强大；农业的社会价值远远超越一粒米、一碗粥的狭隘概念。

能原原本本记录28位村里人和村干部所经历的磨难与奋争，是我人生最荣幸的事。讲述他们的故事，像是讲述亲人们和自己的过往。因为我曾经在陕北的一个小山沟里生活了18年，也就省去“往上数三代都是农民”的麻烦。